悲母観音

谷口忠志

明窓出版

目次

第一章

サテライトスタジオのように若やいで近代的なナースセンターを通りすぎた通路で、顔立ちにまだ子供っぽさの残る若い夫婦が、寄添って新生児室をガラス越しに覗きこんでいた。二人の表情には、若者だけが持つことのできる翳りのない幸福感が溢れているように見える。次男が駆けより、ガラスに貼りつくように中を覗きこんだ。長男がそれに続く。

二十台あまり並んだベビーベッドの殆どに赤ん坊が寝かされている。頭の上に名札が掛けてある。まだ命名されていない子には両親の名字が書いてあり、ブルーは男の子、ピンクは女の子を表しているらしい。

安らかな寝顔を見せてスヤスヤ眠っている子もいれば、手足をバタバタ動かしている活動的な子もいる。顔を真っ赤にして泣きじゃくり、看護婦をてこずらせている子もいる。潔癖、純真、繊細、神秘……、そうした言葉を想起させる生命の誕生を、私はつくづくと眺めた。

「お猿さんみたい……」

長男がフフフッと笑う。

「お前たちも、生まれた時はあんなふうに小っちゃかったんだよ」

「うっそだぁ！」

次男が馬鹿にしたように言って口を尖らせた。彼にとっては赤ん坊など自分とは異質の生き物なのだろう。長男が黙って私に目配せをし、微かに笑う。


ナースセンターに近い奥まったあたりに、透明な硬質プラスティックの殻に守られた小さな赤ん坊が見えた。「赤ん坊」という言葉そのままの、まだ形も定かでないような赤い身体。他の赤ん坊の半分にも満たない大きさだ。未熟な身体にまとわりつく幾筋もの電線やチューブが痛々しい。小さな肉体は懸命にその生命を維持しようとしているのだろう。自然に胸の奥からこみ上げてくるものがあり、目頭が熱くなった。

「お父さん、早くおばあちゃんのところに行こうよ」

飛びはねるようにして腕を引っぱる次男に急かされて、その場を離れた。


私は二人の息子を連れて母の見舞に来た。母のいる病棟は産婦人科のある新館を抜けた向こう側にある。渡り廊下を通って旧館に入ると、長期入院患者の多いこちらは消毒剤と排泄物の匂いが混ざった特有の空気が充満している。

病室に入る。私に気づいた母が、予想外に明るい笑顔を見せた。会釈して中に入ると、私の顔がよく見える様に布団を両手で押さえ、

「来てくれたの、ありがとう」

と言って嬉しそうに微笑んだ。

久しぶりに連れてきた二人の息子を見せた。母は孫の顔を見て、

「大きくなったね？」

と、満足げに二度呟いてニッコリ笑った。

入院する前は、

「この子達が結婚するまで生きていたい」

と繰返し言っていた。それが入院して体力の衰えた頃には、

「せめてこの子達が成人するまでは生きていたい」

に変わっていた。

思いのほか体調が良くないのか、無言で私を見ていた母が手招きする。ベッドに身を寄せると、布団の下から骨と皮ばかりに痩せ細った手を出した。

「しっかり握って……」

顔は笑顔だったが、声音は真剣だった。それでも湧きおこってくる照れくささを抑え、点

滴のチューブと心電図の配線に気遣いつつ母の手を両手で握った。長期間の闘病生活で肉が落ちた手はカサカサして小さい。

再び要求したが、もう笑顔はなかった。

四十歳を過ぎたその日まで、こんなふうに母の手を握った記憶はない。手を握った時、その骨まで痩せ衰えたような小ささに驚きと動揺が走った。

見舞いに来た孫には多くを語らず、ただ私の顔が見たいと言う。その瞳には、まだ幼い孫たちに対する気遣いと、息子である私への愛があった。

「顔を見せて……」

母の愛を肌で感じた記憶はなかったが、反抗を繰り返していながら、その愛を感じていたのは事実だ。

物心がついて以来、自立したいという焦りから背伸びした言動を繰返しては母を困らせた。素直になれない心の片隅でその愛を感じ、愚行を責めない母に詫びていた。二人の息子を持つ年頃になった私をいまだに子供扱いする母。そんな親の愛に反抗し、虚勢を張って足掻いていた。

手を伝ってくる暖かさこそ、求めながら長い間無視し、意識的に遠ざけていた母の愛であった。

「親不孝ばかりで悪かったね、母さん」

心で呟くと、熱いものが胸中に湧いてきた。親孝行な息子ではなかった。よく叱られよく母を悲しませた。そんな私に母は、

—欲ばらないこと。

—他人に迷惑をかけないこと。

—神仏を敬うこと。

と、機会あるごとに繰り返した。

しかし、私は母の考えを単なる老婆心だとして退けていた。そんな私が二人の息子を得ると、結局は母親と同じようなことを言い、同じような親子関係を演じているのは実に滑稽なことだ。

毎日検査の繰り返しで滅入っていても、元気になりたい一心から苦痛に堪えている母を見るのは心苦しい。入院以来、髪を短く刈りあげ、染めることのない白髪が頭にこびりついている。急に老けこんだように見えるのは致し方のないことであった。

痩せた身体にまとわりついた何本ものチューブや電線が病いの深刻さをもの語っている。こうした状態では母を家に戻すことは困難だ。それでも「家に帰りたい」と願う母の希望をかなえてやりたい気持ちがあった。

日によって、母の気分は極端に違った。

「長く生きられないなら、家で死にたい」

私を困らせる体調の悪い日。

「元気になって、早く家に帰りたい」

手足の運動をする気分の良い日。

どの言葉も聞くのが苦痛だ。安易に慰めごとを並べるのも偽善的で苦しかった。母は短期間の入院で済むと思っていたので、部屋を片付けてこなかったことを頻りに悔やんだ。

仮に私が自分の死期を告知されたとしたら。私は自分が何を考え、どんな態度をとるのか想像出来ない。ショックの余り、錯乱状態になるかもしれない。いずれにしろ、やり残した事の多さを悔やみ、悲嘆にくれるに違いない。

明確な目的も持たず、妥協的な道を選んでから迷いと不満に終始する毎日。一貫した信念も意志も持ちえず、自分にも他人にも不誠実、そして不満ばかりの一生を終えてしまうのではないかという恐怖がある。

母は死を目前にしながらも、なお私の将来を案じていた。

「……心配しないで下さい。僕は一人前の大人ですよ。息子もいるんですから……」

安心させようと努めて逞しさを強調したが、

「……一人前？　人間、死ぬまで勉強です。一人前の人間などいるものですか……。お前はまだまだ半人前ですよ」

強い口調で否定した後、相好を崩してクスッと笑った。

死の床にあるとはいえ、こういうところで母はまったく変わっていない。

（……物心がついて、最初に教えこまれたのは礼儀です。巧みに利用されたのは恐怖心でした。お化けや人さらいの話。そして、繰り返し強制されたのは懺悔と戒めでした。……そんなものが自由に燃え上がった夢や想像力を微塵に打砕き、自立心が芽生えてからは衝突と断絶の日々でした。夢と希望を抱いている間、両親を満足させる平凡な人間には到底なれなかった。……特に、父さんを満足させる事は至難の技でした。私が何かやろうとすると「お前みたいな半人前のやつに何ができる！」と一喝して、野心や夢ばかりでなく、自由な意志も行動も制圧したではありませんか……。僕にもリスクを侵してでもやりたいことがありましたよ……）

心の中、私は無言で呟いていた。

「もう大人です……。心配しないで下さい。」

ようやく気持を立てなおすと、私は母の耳元ではっきり言って笑った。

母はニコニコしながら、それでも無言で首を横に振った。

「何事も控えめにね。そして、欲張っちゃだめよ。本当に必要なものはそんなに多くないの……。人に迷惑を掛けちゃダメ」

母は何時もの口癖を真顔で言った。

その直後、クックッと声を出して笑う。

「ここの先生、ひどいのよ。私を年寄りだと思って、おなかに大きくメスを入れてあるの。それに縫い目がとっても粗くて曲線なのよ。……年寄りだと思ってバカにしているのね？若い人は切り口が真っ直ぐで小さくて縫い目も細かいの。全然違うのよ、嘘じゃないわ……。手術の跡を見せてあげましょうか？」

苦情を言っている顔が笑っている。こちらも吹き出しそうになったが、母がつられて笑うと傷口に差し障りがあると思って遠慮した。

病室を出る時も胸元に盛り上がった布団を両手で押さえ、

「また来てね」

寂しそうな笑みを浮かべ、右手を挙げた。

病室に入った時の陽気さは、いつしか消えていた。二人の息子も私の後に続いて黙々と歩いてゆく。

産婦人科病棟を通り過ぎようとした時、若い父親が生まれたばかりのわが子を見ていた。

形容しがたい感激が全身に漂っている。母親らしき女の姿は見えなかったが、中年の夫婦がガラス越しに孫を眺めて満足げな笑みを漏らしている。

　少し離れた場所で、若い夫婦が肩を寄せ、同じ様に室内を覗きこんでいた。無言の視線は奥の未熟児に注がれている。私も期待を抱いて見詰めたが、保育器の中の生命体は微動だにしなかった。

　沈痛な面持ちで、ナースセンターの前に来た時、壁に貼ってある一枚の絵が目に入った。青春時代に衝撃的な感動を持って眺めた、狩野芳崖の『悲母観音像』。その枯れた色調は、産婦人科病棟のジェリー・ビーンズの瓶のようなパステル・カラーの彩りとはいかにも異質である。私はその絵に視線を吸いよせられた。

　頭に冠を戴き、半眼に開いた優しい眼差し。形の良い鼻の下には髭を蓄えている。温厚な唇は慈愛に満ちていた。しなやかで女性的な細い左手には一枝の揚柳が握られ、右手には小さな宝瓶が載っている。

　宝瓶から滴り落ちる聖水が緩やかな曲線を描いて、胎児に注がれる。胎児は合掌して観音を見上げ、その裸体を取り巻く赤い布は透明な球から下方に垂れていた。

　心を魅了する神秘的な絵だ。私は描かれた胎児に透明な容器に入った未熟児をついついオーバーラップさせていた。「宝瓶から零れる聖水の一滴を未熟児に注ぐことが出来たら、生命力と活力を得て元気になるのではなかろうか？　……」。そうした他愛ない妄想を抱かずにはいられなかった。

観音、つまり観世音菩薩は、そもそもの源流であるインドやチベットにおいては男性である。しかしその慈悲深い性格から慈母を想像させ、中国や日本では女性とみなされることが多い。芳崖が描くところの悲母観音が女性にしては男性的な面立ちであり、しかも乳房のない中性的な御姿をしているのも、こうした背景による。

また、観音は智恵によって教え諭し、導く仏である。同じく子供を守護する菩薩でありながら、かき抱いて慈しむ大地の母としての菩薩である地蔵菩薩とは異なり、観音は遠くから静かに見守る菩薩である。したがって、仏師が「子供を抱いた観音像」、つまり「慈母観音」を描くことはない。それら「慈母観音」はすべて民衆の心のうちから出てきたものである。

これらの事どもを頭においてこの絵を眺めるとき、「悲母」という言葉に「愛する我が子を遺してこの世を去らねばならなかった母親の悲しみ」を読取ってしまうというのは、穿ちすぎであろうか。

「早く帰ろうよ」

息子に急かされて我に返り、病院を出た。

二日後、母は他界した。あれからついに家に帰ることなかった。

看護婦の手で「エンジェル・ケア」と呼ばれる遺体の処置がはじめられた。すると私は予想外の事実を発見して驚いた。

ベッドに横たわった母の肉体は飢餓に陥った人の様に痩せ細り、腹ばかりが異常に膨らんだ栄養失調の症状に似ていた。

癌に侵されていると知って諦めていたが、それでも一縷の希望は捨てていなかった。

「患者さんが苦しんでいるような素振りを見せたら、遠慮せずにすぐに言ってください。痛み止めのモルヒネを注射します」

医者が親切に言ってくれたが、結局は使うことがなかったので苦痛はなかったのだと思っていた。しかし、布団に隠されていた真実を目の当たりにして驚いた。母が苦痛に耐えていたのを少しも知らなかった。

(元気になりたい一心で苦痛に耐えていた母の苦しみが分からなかったのは、最後まで母を理解し得なかったことではなかろうか？　……どうせ助からないと分かっていたなら、医者に無理を言ってでも希望通り家に連れて帰ればよかった……)

やるせない思いが激しく心を動かした。

母に二年先立って父が他界していた。

晩年の父は痴呆症を発症していた。初期には被害妄想が激しかった。人知れぬ場所に仕舞いこんだままそれを忘れてしまい、お金を盗まれたと騒いで母を困らせた。母だけでなく、毎日繰り返される紛失事件に家族全員が閉口していた。

起きると同時に背広に着替え、自動車のキーがない、サイフがない、ハンカチがないと騒動を捲きおこした。大騒ぎして一つ捜し出すと、また別のものがなくなった。

同じことを何度繰り返しても、自分の力で全部揃えることは出来なかった。典型的な痴呆症で、靴下を二枚三枚と重ねて履くし、下着を何枚も重ねて着ていることが度々あった。

食事を終えて一時間もしない内に、

「腹が減った。朝から何も食べていない」

と母に不満を言う。

「食べたばかりでしょう?」

母が説得しても、食べていないと頑として言い張った。

当時、家を新築したこともあって、家族全員で食事をしている最中、

「ご馳走様でした。家に帰らなければなりませんから、これで失礼します」

家族全員に他人行儀な挨拶をして席を立つこともあった。

症状が悪化するにしたがって、昼夜に拘らず外出するようになった。最初の内は行動範囲も狭く、容易に見つけることができた。しかし症状が重くなると、何処までも歩いていって見えなくなり、親戚にも加勢を頼んで捜す羽目になった。止むを得ず、玄関や勝手口のみならず、外に出られそうな所は門扉を設けて施錠した。本意ではなかったが、それが最良の方法だと信じていた。

ある夜、人知れず家を抜出した父が、何処を捜しても見つからない。近所の人にも手伝ってもらって心当たりの場所を必死に捜した。午前二時過ぎ、横断地下道の中で動けなくなった父を発見した。衣服は泥まみれで意識も朦朧としている。母の顔さえ分からなくなっている父の姿を見て目頭が熱くなった。その数日後、疲労と衰弱で動けなくなり、風邪をこじらせて肺炎になった。意識を回復しないまま二日間寝込んで他界した。

若い時に胃潰瘍を患い痛い思いをしてから

「病院で苦しい思いをするくらいなら、割腹自殺する」

と強がりを言っていたとおり、一日も入院せずに自宅で息を引取った。気丈な父は外を歩き回り、自ら体力を消耗させて衰弱死を選んだ気がしないでもない。

頑固一徹で妻を女中の如く酷使した男が、ボケ初めてから五年が経っていた。退社してから十年。晩年の父は、母の手助けなしでは何もできなかった。

餓鬼大将のように自由奔放に我儘を通した男の最期は余りにも悲惨だった。頑強でバイタリティに溢れ、狂気にも似た激しさを見せた父を知っている私にとって、その死は悲しいものではなかった。哀れなほど惨めに老いた姿を見なくて済むようになり、安堵したのが偽らざる心境だった。母も同じ気持ちだったと思うが、私の思いとは少し違っていたらしい。

自分が先に死んだら、頑固で不器用な父は、何も自分で出来ないから可哀想だと危惧していた。

「私が長生きして、この人を看取らなければならない」

そんな使命感に近いものを抱いて母は頑張った。裏切りと横暴の日々を耐え、献身的に夫に尽くし、子供を愛育することに細やかな満足と活力を維持していたに違いない。虚勢を張った強がりだけで、何も出来ない弱点を周知し、夫に尽くす人生を全うした意志の強い女だった。

高校を卒業して東京の大学に進学した。

都会は豊富な物質経済とマスコミの情報が様々な魅力を演出した。そこから生み出される錯覚と幻想の虜になった田舎者にとって、そこから抜け出すことは容易ではない。

住み慣れると都会は気楽だ。干渉されず気にもかけず、自分と同じ悩みや夢を持った仲間が身辺にゴロゴロしていることで安心する。一獲千金を得た金持ちやマスコミが作り上げた知名度の高い文化人が同じ町内に住んでいる。そんな人達の仲間入りができるチャンスが転がっている様な錯覚が、心地よい夢を見させてくれた。

両親は帰省し平穏な生活を促したが、四年間の大学生活で出会った先生や学友や先輩諸氏から影響を受け、卒業と同時に留学を目的に渡米した。その後、四年間にわたってヨーロッパ各地を放浪して帰国した。

そんな時も、母は心の中で絶えず私の身辺に存在しつづけた。父や母の想像を遥かに越えた遠方で勝手気儘に生き、その存在を忘れている間も、母として変わらぬ愛情で私を見守り続けていたに違いない。

「ちょっと外の空気を吸ってくる」と妻に言い置いて、私は病室を出た。

病院を少し離れると、そこには短い人間の一生を超越した自然があった。空は深く澄みわたり、太陽も変わらず暖かい陽光を放ち、樹木も心地よいそよ風になびいている。非情なほど平和で安定した時を刻む大自然に対して、如何にも儚い人間の一生を痛感する。

唯一人の愛する母を失ったやるせなさや無念さと同時に、死に対する恐怖が生きることの意義をあらためて考えさせられる。これは父を見送ったときにはなかった感情である。

母の死をはっきりと意識するまで、〝死〟は架空のもの、別世界の出来事でしかなかった。身近な人の死と直面してショックを受けた。死はテレビやバイオレンス映画で繰り返し演じられる娯楽の一部。ゲームかドラマのストーリー中のイベントの一端に過ぎない。毎日報道される、見ず知らずの人の事故死や死亡欄は紙面を飾る活字にすぎなかった。

母が入院してからというもの、何かにつけて〝死〟について深く考えるようになった。他愛もないことに不安を覚え、悩みが想像力と結託して恐怖心を膨張させた。それが気力を食い荒らし、パワーを得て広がり残酷な結末を予想する。幸せな時にもそんな不安がつきまとった。自らの弱さが作りあげる不安には際限がない。恐怖心は恐怖を想像する心で培養されて感傷的になった。

助かる希望もないのに手術と治療を繰り返し、死ななければならないことに恐怖を感じてしまう。

「それは何年後なのか？　何れにしても、今まで生きた年月からすれば余りにも短いように思われる。……生と死のある限り、如何にこの世に執着し、止まろうとしても永遠に留まることは叶わない。……分かっているのにどうして死に対して恐怖を感じるのか？　なぜ、あるがままの必然として死を受け止めることができないのか？　……一度限りの人生じゃないか、やりたいようにやろう」

自問自答しても、不安は拭い去れない。

「……人生は一度の死をもって限られるのか？　輪廻転生、何回も生まれる事が出来るのだろうか？」

耳目から飛びこんでくるあらゆる刺激に翻弄されて益々不安になった。

（私は欲深い人間です。経験も人並み以上です。経験と知識が増すに従って欲求も多くなりました。全てが可能に見えた時期もありました。しかし、我儘を通させてくれるほど現実は甘くありませんでした。思索を繰返し、万全の体制を整えながら行動に移る前に挫折してしまいました。この世に存在し、今日を生きることこそ重要で価値あるものだとは考えず、来たるべき未来のより良き日を渇望しました。

何時も怠慢でした。決断し、行動すべき時にも失敗を空想してしまいました。結局は現実の厳しさを恐れて後退りし、失望を繰返す性癖なのです。

空しく年月が過ぎ、描いていた夢や虚像は消えて本当の人生と直面しました。

私は小心者なのです。分かっていても執拗に自分を愛しました。

「幸せで有意義な人生を送りたい」

しかし、無駄のない人生も、棚からぼた餅の如くやって来る幸福もありません。大都会の人混みの中で日夜不安や孤独と戦いました。不安と孤独を紛らわす為に本を読んだ。それが悪かった。付け焼き刃で生半可の学問がいけなかった。私は豊富な知識を得てますます不安に陥った。否定出来ない生きざまと進路を知って、自分の進むべき道を見失ったのです。)

過去に対する後悔と将来の不安に戦き、最も大切な現在の生活をつまらないものにしていた。何時も現在に満足することはなかった。目的も信念も持ち得ず、優柔不断な生活を繰り返した。

「何ができる?」

絶望的な意志の叫びを脳裏で聴いていた。「何をなすべきか?　如何になすべきか?」を考えている間に十年が過ぎ、二十年が過ぎた。

誰と比較しても自分の人生は変わらない、と理解していても自信がない。

その源は明確だ。考えることも志すところも、すべて周囲と比較しているからだ。本来、内に向けられるべきものが周囲の世界に向けられている。俗物的なものや俗悪なものに捕われすぎている。

日常生活でも絶えず何か身近なもので人と比較する。自分が作った価値判断の物差しを振りかざしても無意味だ。そうと知りつつ戦い、そして、敗北して自己嫌悪に陥る弱い人間だった。

自己の存在にさえも価値を見いだせずに悩んでいた。その反面、私は強情で高慢で知ったかぶりの喜劇を演じて孤立した。

うっとうしい生活から逃れるために、早く明日になれば良いと願った。それでも叶わない時は来月になれば何とかなると思った。それでも駄目な場合は一年後に期待した。

「どうして虚勢を張るの？」

融通の利かない私を心配した妻が尋ねた。

「何を考えているか分からない」

妻が呆れ顔で苦笑した。

何時も顔面に力みがあり、世間体を気にして虚勢を張っているとも言った。疲労で顔が歪んでいることもあると心配した。

「バカなことを言うな！」

反発した後、鏡の中の顔を覗いた。

何時の間に出来たのか、眉間に深い縦皺が二本と鼻の付け根にも横皺がある。顔面を寄せて力むと、それらの皺は一層深く恐ろしい形相になった。鏡に向かって、怒ったり笑ったり泣いたりしてみた。何度も笑顔を繰り返しても、最後は陰険な素顔に戻った。

妻に指摘されて以来、努めて力まず肩の力も抜くように勤めているが、それでも時折、険しさに気付いて驚くことがある。

何かが欠けている。何か大切なものを無くしている。何時も不安な状態を持ち続けている。スピードをモットーとする文化人は、一時も無駄にしないように日頃から訓練されている。より早く迅速に行動しないと時代に取り残される不安に陥る。生ている間に限りなく多く挑戦し、少しでも多く得ないではいられないからあくせく働く。

絶えず競争し、比較し、それをバイタリティに生きている。責任も命令もない環境にいると貴重な時間を浪費している様で不安に陥る。生産的で勝気な性を持つ人間は、片時も生産活動を停止することが出来ない。我々の欲望には限界がない。いくら生産しても、いくら蓄えても、「これでよし！　これだけあれば十分だ！」という、その限界がない。ひたすら欲望の赴くままに活動し続けるのみ。生産性を高める為に造られたロボット同然だ。

ものを見ると、頭の中にセットされた計数機（カリキュラー・マシン）が値段を弾き出し、即座に価値判断してしまう。実に不愉快で鼻もちならない習慣だ。

独りで病院近くの公園を歩いた。疲労困憊していた私は、そのまま消えるように死ぬことが出来たら、どんなにか幸せだろうと考えていた。

「何故だろう？　今は何も思い浮かばない」

母の死はその一つの要因に違いないが、すべてではなかった。あんなに悩み、疲れさせたものは何だったのだろう？　……あれほど深刻だったのに、今は何も思い浮かばない。

(もともと私の悩みには確固たる理由も原因もなかったんです。時々、津波のようにやって来ては、不安と絶望の淵に私を蹴落とすのです。)

漠然と何かを待ち続けていた。私を変えてくれる何か、変身できるきっかけを待っていた。それが何なのかも分からず、知ろうと努力もしないで待ち続けていた。

満たされない境遇に愚痴を零すと、

「なんと贅沢な悩みなんだ」

回りの人が口々に言って嘲笑した。

「君は恵まれ過ぎているんだよ」

面と向かって非難する友もいた。

しかし、それらの声に耳を閉ざした。

内向的でペシミスト的な考え方しか出来ない者が、来るべき素晴らしい未来、より良き生活を渇望していた。確かに矛盾しています。思い通りにならない現実を否定し、

「苦痛もなく、消えるように死ぬことが出来たら幸せだろうな？」

そう考えながら将来に淡い期待を抱いていたのですから。

あてども無く公園の中をぐるぐると歩きまわった。そこは母が入院する以前から、頻繁に訪れた公園だった。幸せの絶頂時も悩み苦しんでいる時も、快く私を迎えてくれる安らぎの場所だ。自然の大きさに抱かれていると心が安らいだ。

子供が生まれてから、来る回数が極めて多くなった。暖かい太陽の下に毛布を広げ、子供と妻の手作り弁当を食べた。ハイハイしていた子供がヨチヨチ歩き、素足で芝生の上を走り回るようになった……。

平凡で単調な我々の生活を見続ける樹木があり、天の恵みを受ける池がある。壮大な歴史の長さからすれば瞬間に過ぎないわが生命を優しく見守り、一度も拒絶したことのない公園だ。

ベンチに座って、母と共に生きた日々や喜怒哀楽を繰り返した過去を追憶した。思索に疲れ煙草を吸った。数日間続いた寝不足と疲れで、思考はほとんど麻痺していたが苦痛はなく、陶酔に似た心地良さがあった。妻や子供が待つ病院に帰る気はまったく起きなかった。広大な自然の中に身を置き、母を想い、数々の愚行と親不孝を懺悔したい気分だった。

ジーッとしていると睡魔に襲われ、硬直した体と思考はほとんど麻痺していた。しかし、苦痛はなく陶酔に似た心地良さがあった。

茫然と前方を眺めていると、猫背の老人が歩いて来た。足もとには鎖に繋がれた犬が自由にならんともがいた。そんな努力も空しく、犬は老人の意志に従わなければならなかった。自由になれない犬に同情しつつその様子を見詰めた。

前を通り過ぎる時、犬が笑った様な気がした。確かに笑いました。犬の笑顔はどんなものかと問われても説明出来ませんが、ニッコリ微笑んだのです。人間には喜怒哀楽の感情がありれます。犬にだってあるはずです。

怒って吠えることがあるんですから、嬉しくて笑うことも、悲しくって泣くこともあるはずです。笑いたくなる事があっても不思議ではありません。

犬を飼っているから良く分かります。飼い主が何を考えているか、小首を傾げて思案する仕草をすることがあります。言葉とは違って単調ですが、ワンワン吠えて何かを促す事もあります。その声は明らかに何かを訴えています。我々が犬の気持ちを理解出来ないだけです。残念なことですが、犬を下等な動物だと考えるのは人間の奢りなのです。

長い間人間と共に生きてきた動物です。文字を書く事と話す以外、人間が考えていることの全てが理解出来ると考えたなら、犬が笑った事なんか驚くに値しないのです。少なくとも、私は驚きませんでした。「ナイス・トゥ・シー・ユー」と言って微笑んでやりました。

犬と私の関係を知らない老人が、前を通り過ぎる時、しわくちゃな顔を一層しわくちゃにして話しかけてきました。何と言ったか分かりませんでしたが、私も会釈と微笑で答えました。老人は笑みを浮かべて頷き、拘束から逃れて自由にならんともがく犬に話し掛けながら歩いていった。犬が通り過ぎた後も、老人の後ろ姿を見送っていた。

老いた後ろ姿を見ていると、老いに対して恐怖が起こった。

（そうなんです、そのまま消えるように死ぬことが出来たら愉快であろうと考えたり、来たるべき未来に淡い期待を抱いたりしているのです。何という矛盾、何と私は軽薄な人間なんでしょう。）

それでも、老いという必然に反感と不安を抱かずにはいられなかった。そして、それまで考えていた死はロマンチックな空想に過ぎなかったのかと自問しました。

自分の能力を過信し世間を嘲笑し、未来に夢を馳せた若さが何時しか通り過ぎていた。気が付けば、過去の思い出に浸る年齢になっている自分に驚かされる。

悩み苦しんだ過去の激しさが消え去り、今は楽しいことしか思い浮かばない。無謀なまでの野心と希望で輝いていた日々を追憶した。邪念を吹き飛ばすように、二本目の煙草に火をつけ、腹の底から空に向けてフーッと煙を吹き出した。衰弱で朦朧とした脳裏に幻想的な幾何学模様が現れては消えるのを瞼の裏で見ていた。苦痛を感じなかった。寧ろ心地よい陶酔に浸った。無重力の空間をさ迷っている気分だった。

暫くして、私が見たのは節くれ立ったしわくちゃな手の甲だった。それが自分の意思で動くことを知った驚きは言葉では表現出来ない。自分のものとは思いたくないその手を恐る恐る擦り合わせると、確かに私の意志で動きました。その瞬間、電光の如き戦慄が脳裏を駆け抜けました。息もつけないほどの恐怖の中で、私はパノラマのようにあらゆる方向から自分を見た。

老人の顔が見えた。皺くちゃの顔はカサカサで、濁った瞳は腐敗した魚の様に乳白色です。私は放心状態でその顔を凝視した。

舌の先で口内を探ると一本の歯がブラブラ動いた。指を突っ込んで歯を掴むと、抵抗無くポロリと抜け落ちた。一本だけではなかった。横の歯も触っただけで抜け落ちて喉の奥に溜った。嘔吐と共に抜けた歯を吐き出し、錯乱して前方に足を踏み出すと、私の体は何の抵抗も受けずゆっくり回転しながら漆黒の闇に転落した。

第二章

どれほどの時間が経過したのだろうか？　百年の眠りから目覚めた如き気分だ。目を開いたが、辺りが真っ暗闇で何も見えない。体中が麻痺している。全ての関節がグラグラの無感覚の気怠さを感じていた。痛みはなく、陶酔感が全身に充満している。そのまま動かずにいると、前方に一点の光があるのに気づいた。それが何であるのか確めたかったが、鉛のように重い体を起こす気力が湧かない。そこに横たわったまま不思議な光を眺めていた。

耳を澄ますと、話し声がその方向から聞こえてきた。声の主が何者で、自分が何処にいるのか知りたいという好奇心が膨らんだ。体内のエネルギーのありったけを掻き集めて立ち上がり、重い足取りで光に接近した。

不可思議な光から少し離れた所に立ち止まって、それが何であるのか見定めるべく凝視した。その光に目が慣れるまでには暫くの時間が必要だった。

宙に浮かんでいる光の中に人影らしき物体を発見して驚いた。その人物は差し出した右掌に透明な宝珠を載せている。どうやらその珠に向かって話しかけているらしい。

漠然としか見えなかったものも、目が慣れてくるに従って、朧げにではあるが物体の細部を見定めることができるようになった。

微笑しているようであり、また哀れむような眼差しと温厚な人柄を示す厚い唇を見た時、その人影は観世音菩薩でなかろうかと推測した。同時に、病院の産婦人科病棟に掲げてあった狩野芳崖の『悲母観音像』が脳裏に浮かんだ。

光は余りにも強烈だった。目はなかなかその光に慣れてくれず、ずっと両方の瞼を手で覆っていなければならなかったので、それが本当に観世音菩薩であるかどうかは確めることができなかった。

掌に載った透明な珠に目を転じると、その中に動く物体を発見した。そして、その動く物体が紛れもなく胎児であると知った時、人影は確かに観音菩薩だと私は確信した。

自分の居場所も分からず、その光景が余りにも不可思議で、様々な憶測と疑惑が尽きなかった。考えれば考えるほど新たな疑念が起こって気味悪くなった。しかし逃げ出したい衝動に駆られながらも私はその不思議な光景に心を捕らえられ、その場から動けずにいた。

どんな事態に遭遇しても健在な好奇心が私を勇気づけ、恐怖に立ち向かわせる。息を殺して胎児に話しかける言葉に耳を澄ませた。

「……今までのような状態を続けることが出来なくなった。お前は十分に成熟した。好むと好まざるとに関わらず人の世に生まれ出なければならない。しかし、知識のないままに世の中に出たならば、彼らの生活については行けまい。それ故、世の中を見て学ぶ時間を与えよう。人の世には法律、規則、慣習、通念、良識、道徳、等々……、挙げれば限りのない程の言語で表現されるものがあり、数多い言い回しと同様にその行動や生きざまも多種多様である。十人十色、人間各自が異なった意志と見解を持っていることも、そのうちに理解できるであろう。そのうえ、人類は凄まじい勢いで変化し、複雑化、多様化しつつある。短時間で全てを学び把握することは不可能だが、生活に順応する能力と知恵は習得しなければなるまい。

　また、そこで見るものは美しいもの、楽しいことばかりではなかろう。かえって汚いもの、罪深いことばかりかもしれない。だが、何を見ようと、それは人間の生きざまそのものであるから否定は出来ない。それを否定したのでは生きる意義がなくなってしまう。見たことに対して自分なりに正しい判断が下されればそれで良い。

　人間とは哀れなものである。如何に科学が進歩して生活様式が変わろうとも、人間の本質は少しも変わっていないのに、誰も気付いていない。そんなことを考えるのは時間の無駄のように考え、眼前の快楽を追い求めることにあくせくしている。

欲望を満たさんが為に好んで差別や区別をする。小さくは個人、家族、集団、大きくは民族、国家に至るまで区別比較して相手に優越しようと願う。ほぼ完成された立派な個人であっても集団になるとたちまち不完全な人間になってしまうこともある。人間同志が比較して生きることに慣れ、極めて俗物的なものの考えに終始している。量の多寡、良否を比較して喜んだり悲しんだりすることは愚かで嘆かわしいことだが、人間はそんな生活に慣れてしまった。

これ以上忠告するのは止めよう。あらぬ先入観が自由な行動と精神形成の妨げになってはいけない。行くがよい！　そして自分の目で見るがいい、これから出てゆく人間の世界を……」

胎児にそれだけ告げると、観音菩薩の姿と光が突然消えた。

姿が見えなくなった後も、瞼に焼き付いた光と残像がなかなか消えない。前方の闇を凝視したまま考えこんだ。自分が見たものは夢か真か？　実像か虚像か？　……。

耳にした言葉の一言一句を思い出し、その真意に思いを巡らした。

「何故？　何の為に？　……」

（記憶した言葉の多くは、独断と偏見に満ちた曖昧なものかも知れません。何故なら、話を聞いたのは途中からです。それに、神秘的な状況下で動揺しながら聞いたことですから、その全てを記憶出来た訳ではありません。断片的に覚えているものを、私流のやり方で繋ぎ合わせたのに他ならないからです。）

明るくなったのか、目が慣れてきたのか視界が利くようなった。キラリと光るものに気付いてよくよく見つめると、胎児の入っている透明な球体が宙に浮かんでいました。

私の見たものは実像だったようです。「幻でも虚像でもなかった」という驚きが心に広がりました。動揺を抑えて、見えるがままの現実と対面しました。

胎児は健康そうな男の児だということが、なぜか直感的に理解できた。胎児は困惑している様子であったが、茫然と立っている私を見つけると、球体に包まれたままふわふわと宙を漂って近寄ってきた。

「……人間？」

不思議なものを見るような目で嘗めるように私を見ています。

「……人間？　……これはどうやら人間のようだ。小柄で見るからに陰険そうだが、これも人間なのだろう。……とにかく最初に出会ったのがこの人間なら、話しかけてみるしかないだろうな……。話しかけた途端、いきなり襲いかかられたらどうしよう……。しかし、まずは話してみなければ何も分からない。なんだか怖そうで、想像していたのと違うような気がするんだが……」

独言を言って躊躇している。

「……人間？　ですか？」

胎児が恐る恐る訊いた。問い掛けに返事をしようとしたが、とっさのことで声が出ません。子供の仮面を被った悪魔だっているんですから警戒して同然です。

「……こんにちは！」

ドキッとして立ち竦んだが、純真で無垢な笑顔を見て安堵した。

「こんにちは」

「……こんにちは！　人間の社会を見てこいと言われました。どうしたら良いのかまったく分からないのです。人間の世界に連れていって下さい。……お願いします」

生まれる前の胎児にこんなふうに頼みごとをされるというのが、不思議な感じがした。その言葉と口調を聞いて私が笑った。それを見て安心したのか、胎児はあらためて観音菩薩が言っていたようなことを繰返し、それから真剣な口調で懇願した。

私は胎児の言うことを聞き終えてから、おもむろに告げた。

「私は教養も知識も社会的な地位もなく、勲章一つ貰えず、誰かから立派な人だと言われたことも、尊敬されたこともありません。……働く為に必要な資格や免許の類も何一つとして持っていません。その上、人生経験も乏しいのです。とてもお役に立てそうにありません」

生きる自信さえもなくしていたのですから当然のことでした。胎児が見て学ぶことが彼の一生を決定することになり兼ねないと思うと、責任が重大に過ぎました。それに、私は義務や責任と呼ばれるものをすべて排斥した自由な個人でありたいと願っていました。

「……あなたは正直な人なんですね」

胎児は真顔で言って私を正視した。

「だけど、判断するのは僕自身だってことを忘れないで……」

胎児が言ってコロコロ笑った。

「……なるほど、それはおもしろい」

私は胎児の言葉に侮蔑の笑みを浮かべた。オギャオギャ泣いている赤ん坊の顔が脳裏をよぎったからです。

「……君は生まれる前に判断力ができ上がっていると錯覚している。が、それは間違いだ。遺伝や生まれた環境の他、生きて行く過程に於て遭遇する諸々の人間関係や社会環境が自由な思考と判断力に影響し、行動を拘束するだろう。そして、君を根本から変えることにもなりかねない。僕自身そういったものに振り回されている悲しい人間なんだ……」

胎児はさらに私に案内をせがんだ。私は脅したり諭したりして拒否してその場を去ろうとしたが、胎児は傍を離れず、甘ったれた口調で一緒に連れていってくれと何度も何度も繰返した。そうです、駄々をこねたのです。赤ん坊がものをせがむ時にする仕草でした。根負けした私は、仕方なく承諾して同行することにしました。

「ただし、判断はすべて自分でしてくれ！　私には責任がとれない！」

皮肉っぽく釘を刺すことも忘れなかった。

私達は、ただ前方に向かって歩いた。どちらに何があるか分らない以上、目的地はここ以外のどこかでしかなく、前はただ前でしかなかった。

「歩こう。そうすれば何かに遭遇する。その全てが現実だ」

「楽しいな！」

「……楽しい？」

私は胎児に挑戦的な視線を投げかけて毒々しく言った。

「僕は醜い人間の社会を見ることに飽き飽きしている。偽善者達を見ることに……」

「……偽善者？」

胎児はその顔に疑念を浮かべた。

「人類の為、国家の為、人の為と言って自分を犠牲にしているか、流行とか世論の犠牲になっている者達だ。一様に社会的体面を整えているが、それは建前で本音は違う。……彼らは何時も疑い、人前で自分を偽る。自分自身にも正直であったためしがない。決して人を信用しない。心の奥に忍びこんで本心を引っ張り出すまで信じない。……自分が正直でないことを知っているから、相手を信用できないのは当然なことだ。信じないから欺く。……人を信じ、自分の意思に忠実に生きたらもっと自由になれるのに、それができない。絶えず他人と自分とを比較し、むやみに争いを繰り返している。それこそ醜い人間の姿だ。媚と甘言を巧みに使いこなす偽善者。見せかけの善行、巧言令色を使いこなし、善人の仮面を被った人間達の世界だ。そんなものを見て何になる？」

私は少し興奮していた。

「……じゃあ、あなたはどうなの？」

「僕もそうだ……。残念ながら」

狼狽し、目線を逸らして吐き捨てるように言った。顔がカッと熱くなった。

「本当におもしろい人ですね？」

また胎児がコロコロ笑った。私は侮辱されたように感じて憤慨した。

「貴様なんかに何が分る！　……まだ、半人前のくせに……」

独りごちた。そして、大人のプライドを傷つけられた私は、むっつりと黙りこんでただ黙々と歩いた。

子供の遊び声が聞こえてきた。その声が次第に大きくなり、広場で遊んでいる子供が見えた。うさぎか子猫の様に小さいのに、運動量は虎かライオンに匹敵する。その小さな体にバイタリティとエネルギーが潜んでいる。何しろ元気が良く、大きな声を出して遊んでいる。子供を温かい愛情で見守る母親や祖父母がいる。彼等は満足げに子や孫の遊びを眺めている。

「ワーッ、楽しそう！」

瞳を輝かせて胎児が叫びました。

「……そうか、まだ子供なんだ」

そう考えると、いくぶん緊張が解れた。

余裕を持って優しく胎児に接することを心がけようとも思う。しかし、賢明な大人として教え諭し、忠告せずにいられなかった。

「みんな楽しそうだね？　……でもあの子達を見てごらん。滑り台に登るのにも先を争っている……。ほらほら喧嘩を始めた。あっちでブランコの奪い合いをしている。……あどけない子供なのに、競争心がすでに芽生えている。地位、名声、名誉といった諸々の欲望を満たさんがために争っている大人となんら変わらない。悲しいかな、貪欲で醜い大人になる前兆だ。実にくだらん……。可哀想だと同情すべきだろう？」

「ちい？　めいせい？　めいよ？　……何のことか良くわからない。でも、みんな楽しそうだよ。……ほら見て、けんかしていた子供達も仲よく遊んでいるよ」

胎児のあまりにも屈託なく楽しげな口調が気に障り、つい戒めてやりたくなった。

「見てごらん……、お菓子を食べているあの子だ。食べきれないほど持っているのに、欲しそうに見ている子に分けようとする気がまったくない。あれは所有欲と独占欲の兆候だ。……向こうにいる子供を見てごらん。滑り台から下りるのにも他の子と違った滑り方をしている。高慢で横柄な物腰はどうだ。あれはヒロイズムだ。あんなに幼い子供達にも大人の悪いところが既に芽生えている」

「しょゆうよくとかヒロイズムとかむずかしくて分らないけど、みんなはそんなこと考えているのかな？　……ちっとも考えていないみたいだよ」

泡が弾けるように明るく笑った。

「……どうして、そんなふうに考えるの？　ものごとを、悪い方へ悪い方へと考えるのでは生きるのが苦しいはずですよ。すこし、楽観的になったらどうですか？」

「確かに、悲観的かもしれない。しかし、人間の醜態と社会の矛盾を知ってしまった以上、楽観的にはなれないのだ。自由に、幸せになりたいと欲しているが故に考えずには……。そして、憂えずにはいられない……」

小首を傾げて、胎児は分からないといった素振りをした。大人の考えや行為が理解できない時に子供が良くやるしぐさです。

「どうして？　それじゃ幸せになれないじゃない。あなたにも無邪気で幸福な時代があったんでしょう？」

悲しそうに私を覗き見て、眉間に皺を寄せた。

「所有欲、ヒロイズム……。これらは、大人達が考えた、余りにも俗物的見解に違いない。……僕にもあの子供達の様に無垢で幸せな時代があった。間違いなくあった」

過ぎ去った時代に目を向けながら独白した。

「そうだ。もちろんあったさ！」

大声で叫んだ後、目を閉じて少年時代を追憶し、思わず笑みを漏らした。

キラキラ輝く太陽の下で幼なじみと遊んでいた。幼友達と野山を泥まみれになって遊び回った。

近くの竹林から切り取った孟宗竹を割って竹光を作った。切り出しナイフ一つあれば、弓矢も紙鉄砲も刀も自分で作ることが出来た。各々作った刀を持ち寄ってチャンバラをした。誰もが宮本武蔵や国定忠次に憧れた。

毎日チャンバラ遊びをしていたので、立ち回りも結構巧かった。切る方が上手なら、切られる方も巧かった。主役で切るよりも切られる方がむずかしかった。悪役は切られると迫真の演技でその場に倒れた。テレビや映画の時代劇で研究した立ち回りは得意の絶頂だった。切った、否、切られていない、と口論になり、悪役が死ぬことを拒んだトラブルも少なからずあった。喧嘩や口論も日常茶飯事、頻繁にあった。それでも、五分と経たない内に仲直りして一緒に遊んだ。

竹の子を採るために植えられた民家の竹藪は、チャンバラをするのに格好の遊び場だった。連立する竹の間を走り回って切り合うには熟練した腕が必要だった。

一対一の勝ち抜きか、二派に分かれた集団で戦った。暗黙の了解で大将が決まり、副将以下を決めるのにも時間はかからない。毎日遊んでいるから、各々、自分の力量と年に応じたシチュエーションを心得ていた。腕力の強いガキ大将が権力を握る遊びと、多少ズル賢い者がリーダーになる遊びに分かれた。

強者と弱者、先輩と後輩、勉強の出来る者と出来ない者、親と子、先生と生徒、すべての間に常識と分別のボーダーラインが存在していた。

二派に分かれるから喧嘩やトラブルが絶えないが、長続きはしない。幼いながら些細な諍いで、大事な遊び相手を無くしてしまうほど愚かではなかった。喧嘩も頻繁にあったが、すぐに仲直りして新しく考案した遊びに興じた。

夏休みも終わりに近付いた頃、何時も一緒に遊んでいる仲間七人で近くの山に遊びに出かけた。

新撰組よろしく竹ざおの先端に風呂敷を結びつけて、意気揚々として山中に入った。何時も遊んでいる生活範囲を飛び出した最初の行動だった。子供だけで試みた最初の冒険でもあった。各々、自分で作ってきたおにぎりを持参していた。

尾根伝いに二時間ほど歩いて、おにぎりを食べた。そこまでは全てが順調であった。

食事を済ませて少し歩いた頃から自分達の居場所が判然としなくなった。道なき道を歩いた結果、山中で迷ってしまったのだ。最年長の私は責任を感じて、必死に下山する林道を捜したが、背丈の何倍もある雑木林の中では視界が利かない。真っ直ぐ前方に向かって歩くしか方法がなかった。

歩き疲れて心細くなった最年少の子供が泣きだした。一人が泣き始めると、不安と恐怖心が伝染病のように広がり、全員が泣きべそをかきながら私の後に続いた。意地を張って涙は見せなかったものの、近藤勇も不安に戦きながら心の中で泣いていた。

近藤勇を先頭に新撰組一行は、泣きべそをかきながら一列に並んでテクテク歩き回った。

土方歳三も沖田総司も人目も憚らず泣いていた。子供の足だからそんなに遠くまで歩けるはずがないのに、一日かかっても帰れないほど遠くに来た不安があった。全隊員が二度と家には帰れない不安と恐怖と戦っていた。その時、

「水は高きより低きに流れ、やがては海に注がれる……」

何時か父が教えてくれた言葉を思い出した。尾根伝いに歩くのを止め、谷に下り川沿いに下山することを思いついた。

雑木とつる草の中を歩き回って擦り剥いた足を引きずり、石がゴロゴロしている川を歩いて山を下った。雑木林を抜け出て、目の前に見慣れ親しんだ田園風景が広がっているのを見た時の感動を今も鮮明に覚えている。涙と鼻水で汚れた顔に笑みが戻った。どの顔も初めて経験した辛酸を忘れて輝いていた。

土方歳三や沖田総司の顔にも笑顔が戻り、とてつもない大仕事をやり遂げた満足感と安堵感が体中に満ちていた。近藤勇を先頭に池田屋から凱旋する新撰組さながら胸を張り、帰路を急いだ。肩に担いだ風呂敷の旗が海から吹く風になびいていた。

年中行事の祭りや納涼盆踊りの晩は誰もが興奮した。夜店で癇癪玉やお菓子が買えて、親にも先生にも咎められずに深夜まで遊ぶことが出来る最高の日だった。暗くなると祭りの提灯が曲者を追跡する御用提灯に変わった。御用！　御用！　と闇の中を叫びながら走り回る

のは最高の気分だった。

　肝試しに一人で墓やお宮に行かされた。怖い思いは皆同じだが、終わった後の達成感や満足感は大きかった。

　竹光が時代後れになり、鞍馬天狗や坂本龍馬が登場してから拳銃が主流になった。アメリカから入って来た西部劇の影響も大きかった。露店で百連発の火薬を装備した拳銃が売られ始めたが、火薬玉は高くて手に入らない。一年に数回やって来る露天商から買うだけで、普段の拳銃には玉が入っていない。

「バン！　バン！」

「バギューン！　バギューン！」

　口で叫んで敵を射殺した。

　この時も玉が命中した、否、当たらなかった！　と言って揉めたが、少し言い争った後、再び物陰に身を潜めて敵を狙い撃ちした。

　小さな集落が点在している町外れの田舎で、人口も少なかった。近くに住む子供はみんな友達で遊び仲間だった。親を見ればその子供が解り、子供を見ればどこの家の子供か凡そ判った。

　そんな長閑な田舎に新しい道路が出来、何百世帯もの団地が出来た。見ず知らずのよそ者が大挙して押し入り、自然の摂理と継承されていた伝統と協調性を破壊した。

あれから信じられない年月が通り過ぎた。つい先日の出来事のようでもあり、はるか昔の出来事のようでもある。想い起こせば感傷的になり、目が潤んでくる思い出の日々。巨万の富を積んでも取り戻すことの出来ない私の貴重な宝である。

閉じた瞼から大粒の涙が零れ落ちた。どれもこれもつい先日の出来事の様に鮮明に思い出された。

「物心がつくと、最初に教え込まれたのは勧善懲悪でした。礼儀や道徳を教えるために借り出されたのが恐怖心です。お化けと人さらいの話だった。悪いことをすれば、罰を受けることを誇張して教えこまれた。同時に儀礼、道徳、良識、習慣、規律……。そして、強要された戒めの数々……。それらが自由に燃え上がった夢や想像力を微塵に打ち砕いてしまいました。その結果、失敗に対する恐れと何事をするにも熟考する性格が培われた。僕は行動する前に世間体を考えた。長く深く考えるのは必ずしも良い結果を生むとは限らない。……考えている間に失敗を恐れて計画を放り出すことも少なくなかった。苦心惨憺して練り上げた計画を両親に話すと……、そんなに大それた事がお前に出来るはずがない。失敗して恥をかくのが関の山だ！　最後まで聞きもしないで、父が頭ごなしにやり込めた。

……そんな危い事はやめなさい。そんな事をして何の得になるの？

今のままで良いじゃないの？　優しい言葉で母が窘めた。……何か新しいことをやろうとすると両親が僕を子供扱いした。……それは危ない。あれも駄目、これも駄目と言って夢や希望や奇抜な発想を根こそぎ引き抜いた。……危険なもの、汚いもの、奇抜な発想を子供から遠ざける事が親の義務であり、子供に対する愛情表現だと誤解していた。……時には、突き放す厳しさや冷淡さが必要なのです。それも立派な愛情表現なのです。寵愛と優しさだけでは艱難辛苦を一人で克服出来ないひ弱な人間になってしまいます」

父は厳しい態度と言葉で叱咤しながら私を愛し、母は柔和な態度と優しい愛情で私を包んでくれました。

幼い私は両親や先生に褒めてもらいたい一心で努力した。しかし、そんな努力も大人の目には幼稚なものとしてしか映らなかった。家族ばかりか先輩達も教育者も理解してくれなかった。私を理解し、同じ目線で見てくれなかった。何を考えているか知る努力もしてくれなかった。高所から見下ろして大人の常識を振り翳し、一方的に命令した。

小学生の頃、好きでよく絵を描いた。静物を写生することも嫌いでなかったが、マンガを模写することが最も得意だった。物好きが高じて将来マンガ家になりたいと思った。

その時、誰か私の描いたマンガを褒めてくれたら、その言葉で自信を得て潜在的な能力を引き出しただろう。褒め言葉に後押しされて自信を持ちマンガ家になり、能力以上の作品を仕上げるチャンスがあったかも知れない。しかし、誰れ一人として私の才能を認めてはくれなかった。

「絵が幼稚だ！」

「遠近感がない！」

「構図が良くない！」

口々に子供の作品を非難した。

その言葉を聞いてマンガ家になるのを断念せざるを得なかった。

中学生の時、野球部で好きな野球に熱中した。上手になりたい一心から、人知れず努力することも惜しまなかった。苦しいランニングもウェイトトレーニングも着実にこなして体を鍛えた。自分は野球選手としての体力を十二分に備えていると密かに考えていた。

その時、監督か先輩が私の長所だけを見て、能力を褒めてくれたら、百二十パーセントの力を発揮してプロ野球で活躍していたかもしれない。しかし、彼らは私の欠点ばかり強調した。

「体が小さい！」

「足が遅い！」

「俊敏さに欠ける！」

過小評価された私は自信を無くし、プロ野球の選手になる努力を止めた。

高校生の時も算数や英語よりも絵を描くのが得意で、美術大学に進学して画家になりたいと思った。

「画家じゃ食っていけない」

父が猛反対しました。

「画家や芸術家は、死んでから有名になるのよ。生きている間はとても貧しいのよ」

優しい言葉で母に説得された。

大学に入学した時、上京する車中でトルストイの『人生論』とゲーテの『若きウェルテルの悩み』を読んで感動した。以来、文学に親しみ、小説や思想史も読みあさった。三好達治や萩原朔太郎の詩を読んで深い感銘を受け、詩人になりたいと考えた。

図書館にあった詩集を端から読破し、思いつくまま自ら詩も書いた。つれづれに書いた詩は大学ノート数冊に及んだ。誰か私の詩を絶賛してくれていたなら、私は詩人になっていたに違いない。残念ながら、身辺に私の意欲や才能を認めてくれる教養人がいなかった。それが最大の悲劇だった。

「抽象的すぎる！」

「ルールを無視している!」

「陰鬱過ぎる!」

大人になっていたので、以前の様にはっきり酷評しなかったが、思慮深い彼らは遠回しに詩人への道を諦めるように忠告した。

「古典的で陰鬱、しかも退廃的な作品は若者の支持を得られないだろう」

「当世、詩人では食ってはいけないだろう」

人の批評を聞いただけで夢を捨てた訳ではないが、最も打算的で現実的な道を選択しようとしていた時、

「二十一世紀を生きる君達は、外国語を勉強して、世界で学ばなければならない」

尊敬する先生に啓蒙され、大学を卒業すると同時にアメリカに飛び出した。

「何んでアメリカくんだりまで行くんだ?」

興奮して怒鳴った父の顔は蒼ざめ、身体は怒りに震えていた。

「一緒に住んでくれれば良いのに……」

無言だった母がポツリと呟いた。

「アメリカなんぞに行って何になる!」

叱咤する父親の言葉が続いた。

当時のアメリカはベトナムで戦い、すべての国民が何らかの形でベトナム戦争に関わっていた時代。経済的に満たされた環境のアメリカで、政策に不満の若者が乞食同然のヒッピーとなって巷に溢れていた。

二人の息子を持つ今、息子からアメリカ行きを告げられた時のことを想像する、両親の驚きと動揺を想像するに余りあるものがある。しかし、傍若無人で怖いもの知らずの私の考えは変わらなかった。最初で最後の反抗だった。

両親の反対を押し切って、神戸からブラジル移住船の『あるぜんちな丸』に乗りこんだ。出港直前に両親が姿を現した。

「勝手にしろ！」

一喝した父の姿を見て驚いた。傍で母が微笑んでいる。

船内を見学し、ドラの音に急き立てられて下船する時、

「三拾万円ある、持って行け！」

顔を背けたまま父が言った。拒否しようとする私を制した母が、

「有り難く受け取っておきなさい」

と言って苦笑し、現金の入った封筒を私のポケットに押し込み、父の後ろ姿を追って下船した。

船客はブラジルで成功した一世と祖父母の国に憧れて来た三世の研修生が多かった。日付け変更線を横切り一週間の航海でハワイに到着した。更に一週間の船旅でサンペドロ港に上陸した。

ロスアンゼルスは有色人種の多いことと、繁華街のアダルトショップで卑猥な日本語を聞いて驚かされた。

ラスベガスを見たいと思ってバスに乗った。荒涼とした大地が延々と続いている広大さに圧倒される。ラスベガスに着いた時は昼で、華やかさはなく失望したが、夜になるとイルミネーションと人の多さに驚かされる。リムジンに乗って帰る予定が五十ドルすって、夢打ち砕かれた仲間と一緒にバスでロスに帰る。

サンフランシスコは良かった。海の見える丘とケーブルカーが長閑で陽気になる。終点のフイッシャマンズ・ワーフに着いた時、車掌と乗客が人力でケーブルカーを旋回させたのも楽しい思い出だ。街角で大道芸人が、パントマイムやマジックを演じて観光客の喝采を浴びていた。日本人の観光客がやたら多く、その日本人とお互いを無視しながらの観光は不愉快だった。

ツイン・ピークスまで歩いた。近くに見えてなかなか遠い。歩いているうちに面白い事に気付く。町の中心に主導権を持つ白人がいる。その外側にアジア人や中近東の移住者が住んでいる。更にその外側に黒人街があった。路上には紙くずや空き缶が散在し、商店は鉄格子で略奪に備えている。貧民街を過ぎて丘を登って行くと、近代建築が立ち並ぶ住宅街に変わった。坂を上る曲線に応じて作られた建物はユニークでセンスが良い。

「こんな所に住んでみたい」

と考えてしまう。海から吹く心地良い風を感じながらサンフランシスコを眺めた。チャイナタウンを歩く。仲間意識の強い中国人と、お互いから目を背ける日本人。否が応にも国民性を比較してしまう。


一週間後、ニューヨーク行きの飛行機に乗った。英語はできなかったが、慣れから来る自信と余裕が言葉を補ってくれた。十一時の飛行機に乗って六時間のフライトで午後五時にニューヨークに着くと想像していた。それが小国に住む人間の悲しさ、時差を計算していなかった。三時間の時差を足せば午後の八時になる。理解していても一つの国でどの様にして時間を区切っているのか分からない。ノーと言えなかったばかりに、機上で知り合ったヒッピー姿の学生にダウンタウンまで車に乗せてもらう。外は真っ暗、飛行場は郊外にあるので極めて心細い。その上、迎えに来た男の人相が悪かったので、軽率に乗せてもらったことを後悔した。更に悪いことに二人の会話がまったく理解できない。

「身ぐるみ剥れても、命までは……」

信じつつ後部座席で震えていた。二時間ほど疑心暗鬼がうず巻く地獄の苦しみを経験したが、車が繁華街に着いた時は、殺人鬼の顔が仏に見える豹変振り。その経験から、アメリカ人は親切だという思い込みが生まれた。

ニューヨークは大都会だ。車と人と高層ビルの多さに驚いた。摩天楼（＝スカイ・スクレイパー）とはまさにこのことだと納得する。二十階の部屋から外を見渡すと、子供が大人の腰の辺りを見ている目線で全体が見えない。見えるのは隣のビルとエンパイア・ステート・ビルの最先端のみ。ホテルの廊下から日本語が聞こえた。

「日本人だ！」

廊下に飛び出すが、よく耳を澄ませば聞こえるのはスラングの多いアメリカ英語。疲労と寝不足から気弱になり、ホームシックに陥っていたらしい。

ニューヨークはできる限り歩いて見学した。自由の女神と国際連合を見学する時だけ地下鉄とフェリーに乗った。マンハッタンは都市計画に則って作られたため、迷うことはなかった。怖い印象からセントラルパークを境に危険地帯と安全地帯を決めて観光した。慣れない大都会の人混みの中にいると緊張で疲れた。

バスで首都ワシントンに入ると建物が整然と並んでいた。

「部屋は空いていますか？」

と普通に聞いたつもりが、

「イギリスから来たのですか？」

接客係のインド人に質問されて戸惑った。たまたま覚えた言い回しがイギリス風だったのである。イエスと答えるユーモアのセンスがあれば良かったが、それが言えなかった。

ワシントンはニューヨーク以上に黒人が多いと感じた。

リンカーン記念堂やモニュメントのリンカーン像は、写真で見た印象とは違ってとんでもなく巨大なものだった。国が大きければそこに住む人間の考えることも成す事も大きい。狩猟民族と農耕民族の違いを越えた、文化に培われた民族性のように思われる。全体が広いから近くに見えても、歩くとなかなか遠い。

巨大なリンカーン像に圧倒されながら、「フォー・スコー・アンド・セブン・イヤーズ・アゴー…」で始まるゲティスバーグの演説を声を出して読んだ。ホワイトハウスの影響を受けているのか、モニュメントも建物も白を基調にしてあり緑の森に点在する白が映えた。五日間滞在して、ノース・キャロライナまでバスで南下した。

大型バスはウエスト・バージニアのカントリー・ロードを猛スピードで走った。少ないバスの乗客の大半は黒人であり、白人の老夫婦が二組と、若い海兵隊員が制服姿も凛々しく背筋をピンと伸ばし端坐していた。だらしない黒人の態度と比較して、思わず尊敬の目で海兵隊員を見た。折しもカントリー・ロードの歌が流行っていたので、ウエスト・バージニアの田園風景を眺め、そのメロディを脳裏に聞いた。バスは機関車のような大型トラックを追い越し、スポーツカーや乗用車に追い越されながら南下した。二時間に一度の小休止と四時間に一度の食事時間を交えながら八時間の運行でノースキャロライナに到着した。

バスを下りると、親戚の信子に電話して迎えに来てもらった。面識はなかったが、彼女の伝手を頼ってノースキャロライナ大学に入学しようと勝手に決めていた。成績証明書・卒業証明書・健康診断書など、入学に必要な書類は全て携帯していた。

長旅の後、安住の地を見付けて安堵したのも束の間、住んでみると何とも退屈な毎日だった。パーティや食事に誘われ、多くの人に会ったが、純朴な人ばかり。そして日本を知らない人が多くて失望させられる。二十五年前の事だが、人種差別が依然としてあり、白人と黒人が平等ではなかった。数の上で圧倒的に多い黒人が白人の引いたボーダーラインを越えられない時代だった。

「こんな田舎の大学に入ってどうする？」

そう迷い始めた折も折、イギリスで学んでいる友人から「ロンドンは楽しく、勉強もできる」という報を受けて進路を転換することにした。

「学費は安いが、生活費が高い」

方便の嘘を信子についてノースキャロライナを後にした。小心で何事にも熟考する性格にしては珍しく早い決断であった。口調も物腰ももはやアメリカ人のノブコ・ジョンソンに別れを告げてワシントンに引き返し、帰国用の航空券をヒースロー行きに書換えた。


機上からイギリスの田園風景を見て驚いた。アメリカとはまったく違う。薄汚れたレンガの家は暗く陰鬱な感じがした。乾いたアメリカ大陸とは違い、湿っぽく苔むした庭園のイメージだった。

ビクトリア駅に着いた時、アメリカと比較できるものは何もなかった。大英帝国が作り上げた財産と歴史を実感した。

この日から三年間、週末にオープンマーケットの出るポート・べロロード近くに住むことになる。ロンドンの下町で、フラットのオーナーだけがイギリス人で、住民のほとんどがアジアやアフリカからの移民だった。外国人を優遇する法律があるはずがない。彼らは裸の気楽さと幸せな家族生活を捨て、国では着たことのない重い防寒具に身を包んで必死に生きている。我々は苦しくなれば恵まれた環境に逃げ帰る根性無しの旅人だった。勉強も努力もしないで英語が上達すると誤解する軽薄な若者も少なくなかった。

イギリス英語をマスターすることは簡単ではなかった。学校や友達とはある程度会話が成立しても、下町言葉のカクニーやスラングの多い会話は外国語に聞こえた。「ウェストケンジントン」が日本人には「上杉謙信」と聴こえるという話もよくわかったし、「ビクトリア・ステーション」は「ヴィットーリア・ステイシュン」、「セント・ポール」は「スント・ポー」にしか聴こえなかった。

「オクスフォード・アクセントは口にプラムを入れた感じで発音するんですよ。ＢＢＣアクセントは……」

何度も挑戦したが、「訛り（アックスント）」や「発音（プラナンシエイシュン）」にしてからが、英国人のようには発音できなかった。

ハイドパークを初め殆どの公園と庭園を散策し、博物館や美術館を見学する。休暇にはヒッチハイクで郊外まで出かけた。ヒッチハイクは比較的簡単で、スコットランドもボーマスも苦労せずに旅行することが出来た。イギリス人は不親切で物価が高くて住みにくいと評判だったが、住めば都か？　こんなに楽しい所はないと感じた。

「何でアメリカくんだりまで行くんだ？」

と両親から責められた日から、気がつけば三年が経っていた。

イギリスでの生活にも飽き、そろそろ生活を変える時だと感じた一か月後にはストックホルムに向かってヒッチハイクを始め、ドーバー海峡をホバークラフトで横断してフランスに渡った。カレーから始めたヒッチハイクは困難を極めた。フランスは全ての道が凱旋門から一直線に伸びているが、その道を繋ぐ横の道がない。地方の貴族が謀反を起こせないようになっていると聞いた。

苦労してベルギーに入ってからは、交通事情は更に悪くなった。ベルギーもルクセンブルグも小国で、長距離を行く車は極端に少ない。

法科の学生と話す。彼はドイツ語・フランス語・イタリア語をすでにマスターしていた。

「スゴイ!」

感嘆する語学コンプレックスの私に、学生は、

「この分野には、日本語の訳本は無いんです。原書を読まないことには専門の勉強は出来ません」

と平然と答えた。

ドイツを縦断してオランダからデンマークを経てスウェーデンに入国すると、そこから先のストックホルムまで北に向かうヒッチハイクは難しくなかった。ストックホルムは生活水準が高く、税金も高いが賃金も高くて、旅費を稼ぐには最良の国であった。

到着して一か月後、韓国人が経営するジャパニーズ・レストランに職を見つけた。日本食が食べられて給料も悪くなかった。余裕は出来たが退屈だった。公園で本を読んだり日光浴を繰り返すが、貴重な時間を無駄づかいしているようで落ち着かない。三か月後、リュックサックを背負って今度は南に向かう路上に立った。

比較的順調な旅であったが、コペンハーゲンでホモに遭遇したことでヒッチハイクを断念、ハンブルクで学生向け鉄道周遊券スチューデント・レイルパスを購入した。ユーレイル・パスの学生版である。

汽車を使っての旅行は快適だった。列車はコンパートメントで、座席を引き出すとベッドになる。二か月間乗り放題だから計画を立てる必要も無く、ドイツ、オーストリア、イタリア、スイス、フランス、スペイン、ベルギー、ルクセンブルクと汽車の旅を楽しんだ。

ドイツはバランス良く都市が分散し、間に農場や田園風景が広がっている。ライン川沿いに走る汽車の窓から、川岸に点在する古城と優雅なラインの流れを見た。絶景から詩が詠まれ音楽が生まれて当然だと感じた。歴史を誇る古城も多く、ルクセンブルク城で振るまわれたワインは格別だった。

オーストリアのウイーンは森の都と呼ぶに相応しく緑が多い。山合いから『ドレミの歌』

や『エーデルワイス』の歌声が聞こえてきて感動したが、あとで人に話すと「あれはレナード・バーンスタインが映画『サウンド・オブ・ミュージック』のために作った曲で、オーストリアの民謡ではありません」と教えられて大笑いとなった。どうやら観光客向けらしい。他にはオーストリア王家の財産に感激させられたのを思いだす。

ナポリはお金をねだる子供が多くて失望したが、ローマでは世界史に肌で触れた。フィレンツェは町全体が美術館と呼ぶに相応しい。まずはダビデ像の立派さに驚かされてから、町を出るまで感動の連続だった。

海上を列車で走って到着したベニスは想像を越えた魅力的な中世都市である。サンマルコ広場へ行けば楽しいことがあるかの如く多くの人が集まっていた。

スイスはインターラーケンから山岳鉄道に乗ってグリンデルヴァルトに着く。絵はがき以上の美しさと、眼前にそびえるアイガーを見て、自然の偉大さに圧倒された。長く滞在しようかとも考えたが、自然は一方的に感動を与えるだけで何も語らない。二日もいると絶景にも見飽きて山を下りた。

一週間パリに滞在して芸術に触れた後、スペインに向かう車中でアメリカの青年と出会った。パリでは英語が通じないと不平を言いあい、良く喋った。

ピカソ美術館でガウディを見た後、トレドでエル・グレコの館を訪れる。セビリアからマドリッドに入り闘牛とゴヤを見てマイヨール広場で友と語る。物価が安く住み易いので日本人が多い。

ヨーロッパのどれも類似したキリスト教文化と歴史的建造物を見学していると、まったく異質の文化にも触れたくなった。アフリカを旅してきたという若者に触発されて、モロッコに渡りイスラム教文化と遭遇した。カサブランカまで足を伸ばすつもりが、数日でギブアップしてスペインに戻った。

六か月間の旅で、多くの知識人とトップクラスの芸術と美しく広大な自然とそれぞれの風土に培われた文化と歴史に触れた。悠々と流れる人類の歴史に触れて感動すると同時に、同じ失敗を繰り返して死んでゆく人間の愚かさも知った。我々が歴史を見ているのではなく、歴史から我々が見られている緊張感を感じた。

四年間の海外旅行では免許も資格も習得しなかったが、貴重な体験をした私は幸せだった。

「二十一世紀を生きる君たちは、英語を勉強して、世界で学ばなければならない」

何気なく言われた先生の一言が、私の人生を大きく変えることになった。

ロンドンで勉強している時、アメリカ人の友人が私の論文を読んで、

「英語でこれだけの文章が書けるなら日本語ならもっと旨いはずです。……君には文章を書く才能がある。小説を書いたら？」

私の長所を見つけ褒めてくれました。その言葉に勇気づけられ小説を書き始めた。

小学生の時、マンガや絵を褒めてくれる先生がいたら、私はマンガ家になっていただろう。中学生の時、野球選手としての才能があると褒められていたら、苦しい練習に堪えて野球選手になっていたかもしれない。大学で美術を学んでいたなら、私は画家か彫刻家になっていただろう。詩を褒めてくれる人がいたなら……。

これが人生です。我々は自ら犯した失敗によって多くを学んでいる。それらを教訓として現在の私があります。夢多き青春時代は果敢なく過ぎます。それを知っているのはその時代を振り返る年齢になった者だけです。夢と希望に胸を膨らませた過去の日々は二度とは帰らない。若き日々を追憶すると心地よい陶酔を伴う思い出が甦ってくる。しかし、その後に耐え難い哀しみが押し寄せてくる。確実に老いているという実感。この一瞬一瞬が退けることの出来ない死への接近（＝アプローチ）であることを認識せずにいられない。

この人生を如何に生きよう
何かをやろうとすれば短か過ぎる
何もせずに生きるには長過ぎる
人生は変転する

出会いによって、別れによって
愛によって、憎悪によって
決断によって、躊躇によって
人生は一瞬
有限と無限の間における
限りなき欲望の連鎖
この人生を如何に生きよう
何かをやろうとすれば短か過ぎる
何もせずに生きるには長過ぎる

脇目も振らず、子供が砂場で何かを作っていた。満足なものが出来ないのか、作っては壊し壊しては作っている。

「おもしろそう」

胎児が瞳をキラキラ輝かせた。

「そうだね。楽しそうだね？　何かに熱中している時、人間は幸せだ。……時間の経つのも忘れて夢中になれるものがあるって素晴らしい」

「いっしょに遊びたいな」

興奮して前屈みになった。その時、重心の移動でバランスを崩し一回転した。

驚いた胎児が目を白黒させた。

「アッハッハッハ……」

慌てぶりを見て、吹き出してしまった。

「どうして、人の失敗を笑うの？」

初めて私に対して怒りを見せた胎児に、平身低頭して詫びた。人の失敗や不幸を見て安堵することがある。同情や哀れみの先に、同じ不完全な仲間を見つけた安心が笑いとなって顔に出てしまう。

「人の不幸は蜜の味」

人の失敗を見るのは、良くないことだが愉快だ。絶えず人と比較し、差別することに慣れたことから来る行為なんです。彼奴には絶対負けたくない！　そんな競争心を日夜持ち続けているからでしょう。そんな貧しい心の反映に違いない。

「ゴメン、ゴメン」

素直に無礼を詫びた。

「すごい！　カッコイイお城ダネ？」

胎児が子供にそう声をかける。

「ウン、上手に出来たよ」

子供は満足そうに砂の塊を見ている。

「……」

私にはその城が見えない。

城の輪郭を見付けようと目を凝らすが、子供のいう「カッコイイお城」が見えない。お城どころか民家にも見えない。屈みこんで子供と同じ目線で見るが、砂の塊にしか見えない。出来る限りの努力をした。子供と同じ目と頭でも見えない時は、童心に戻ってお城を見ようとしたが徒労だった。どう見ても、それは砂の塊にしか見えない。

「……お城が見えるかい？」

業を煮やして胎児に尋ねた。

「もちろんです。りっぱなお城じゃない？」

平然と言われて困惑し、そして落胆した。

そんな心境を悟られない様に、相槌を打って頷くよりなかった。

「あの子はお船を造ったよ」

興奮した胎児が指さす方向を見ると、子供が腕組みして砂の塊を眺めている。

「……お船？　はて？」

お城と同様、私には砂の塊以外の何物にも見えない。

船を造ったと言うからには船に違いないと思う。砂の塊に船の片鱗を見つけようと努力したが、何も発見できない。

「……何を作っているの？」

堪りかねてその子に尋ねた。

「お船だよ。……いいお船でしょう？」

子供が自信たっぷりに胸を張った。曖昧な褒め言葉で頷くより他になかった。

惨めだった。尊敬していた人から、「顔も見たくない！」と罵られた如く惨めだった。

見えるものしか信じられず、真実を見定める心がなくなったのだろうか？　他人の心の奥深く忍び込んで本心を引きずりだすことに長けていても、夢や想像力となるとまるでダメな大人になっていることを思い知らされた。

その子が自分の造った船で七つの海を航海していると考えると羨望の念に駆られた。私は逃げる様にその場を離れた。

湧く様に子供が現れては、校門を通って学校に入って行く。その光景を眺めていた胎児が、小首をかしげて訊いた。

「どこへ行くの？　……きっと、おもしろいところがあるんだ」

好奇心いっぱいの瞳を輝かせた。

「つまらんところだ。社会秩序を保つのに必要な教養と義務を教えるところだ」

私の説明に一応頷いて納得した素振りを見せたが、「教養」や「義務」がどんなものか理解できないらしい胎児は、小首を傾げて考えこんだ。

「子供を集めて教育するんだ。集団生活をするのに必要なコモンセンスを教育しないと社会秩序が保てない。各々に好き勝手をやられたら、社会が混乱してしまうでしょう？」

分かりやすい言葉で説明しているつもりだが、長い年月で蓄積された教養とプライドが出しゃばる。コモンセンスや社会秩序と難しいこと言っても、胎児に分かるはずがないのに使ってしまう。

「子供に教えることは実に難しい」

私は独白して考えこんだ。

「……そうかな？　同じところで同じことを学んだら、みんな同じ人間になってしまうでしょう？　……それが教育なの？」

懸念した胎児が質問しました。

「もっともな疑問だ……」

そんな疑問が起こって当然です。

大学時代から難解な用語を使い、難しい討論や議論には十分に慣れていました。しかし、胎児の質問に戸惑いました。一見単純でばかげた疑問に答えるため、腕組みして暫く考えこまなければならなかった。

「……教育は知識人を作るが、立派な人間を作るとは限らない。単一の教育が同じ考えのクローン人間を作るとも限らない。……遊園地で見た子供達の様に、教育を受ける以前に各々の特性ができ上がっている。……君だってそうだ。物事の判断をするのは自分だと言ったでしょう？

だから、心配することはありません。……動物は生まれながらにしてその傾向と特性を現し、継承して行きますが、人間は習慣や思想等々によつてたやすく変身変化します。……遺伝によって受け継がれた精神と育つ環境が異なった人間を作ります。あなたの両親の人柄や教育方針によって、どんな人間になるか違ってきます」

「僕の両親はどんな人かな？　もし、僕が嫌いだったらどうしよう？」

初めて胎児の不安げな表情を見ました。

「心配しなくていいよ。自分の子供が嫌いな親がいるものですか。特に母親の愛情は子供が感じる何倍も大きくて深いものです」

「本当に？　……本当なら嬉しいな」

「何も心配することはありませんよ……。遺伝や環境の他に、違う考え方をする人によって影響されることもあるでしょう。その他にも、人格を形成する要素はいっぱいあります。心配しなくていいんです。……矛盾していますが、教育機関は同じことを学ぶことを強制する反面、差別区別と競争を促し、不平等を強要するところでもあるのです。百人の生徒がいたら、まず幾つかの要素だけで評価され、良し悪しが計られる。そして一番から百番までの序列をつける。そうすることで勤勉さや努力や適応力が押しつけられ、一番が最も良いとされる。……良くないことだと思うが、平等には怠惰を促進する弊害がある。何れにしろ、世の中は、努力するものが報われる様になっている。……しかし、私有財産に執着する余り、競争と独占の原理がのさばり、誰もが一番になろうと躍起になっている」

「……一番は一人だけなの？」

胎児は可哀想なほど落ちこんでいます。

「もちろん！　一番は一人だけだよ」

「一番になれなかったらどうしよう？」

「心配することはない。勉強で一番になれなかったら、他のもので一番になれば良い」

「ほかにも一番になれる方法があるの？」

一瞬、胎児の顔がパッと輝いた。

「勿論さ、スポーツでも絵を描いてもいいし、歌でも陶器を造ることでもいい。何でも好きなことを続ければ一番になれる。嫌な勉強を続けても伸びないが、好きなことは続けられるし、続けることで巧くなれるはずだ。……好きなことや得意なことを伸ばせば一番になることが可能です。……どんなに好きなことでも続けることは難しい。人並み以上の努力や忍耐力が必要になる。だから、努力する人は必ず報われるようになっている。……僕は勉強が嫌で、いつも悪い点数しか取れなかった。百点を取った記憶も一度もないが、それでも人並みに生活している。満点取らなくても一番でなくても平気、応用が大事だ。……一生の間に体験することには限界があるが、学ぶことで知識を吸収することには限界がない。机に向かって本を読んでいるだけで世界が分かり、人々は何を考えているかが分かる。学ぶことは実に楽しいことだ。と尊敬する大学の先生が言われた。先生の考えを理解したが、血気盛んな私は同感しなかった。……リスクを侵しても夢に向かって突進し、体験しなければ何も分かりません。机に向かって思索するのは年寄りの学問です。と僕は反論した。……僕にとって、百点取るのは重要なことではなかったし、一番になりたいとも思わなかった」

「……みんな一番になれたらいいね」

瞳を輝かせて笑ったが、胎児は一番に拘っている様だ。

「人間社会には矛盾と不平等があふれている、金持ちや貧乏人……」

思いつくまま喋ったが、確固たる自信はなかった。

何か言わなければならないと思い、思い浮かんだ言葉を口に出したに過ぎなかった。国家は社会秩序を保つ為に、単一の真面目人間を作ろうとする。個人主義が浸透した今日でも、社会に適応する様にロボット化されたクローン人間がどんどん生産されている。

善かれ悪しかれ、何時の世も一般大衆は一握りの指導者に導かれ、ゾロゾロと後に続いているだけなのだ。

日々の生活の不満と将来に不安を抱きながらも、ひたすら歩き続ける。満足も不満も日々の日常生活で揉まれ、そして忘れ去られる。

「……金持ちや貧乏人と言いましたが、それはなーに？」

どんな言葉も生活の中で造り出されたものだから無限の意味を含有していて、正確に説明しようとするとたちまち困難になる。一本の直線を描き出す点か円を結ぶ直線の如く無数の答が存在する。一つを完璧に説明することさえ困難なのに、二つのものを比較説明しようとすると、両者の間に無数の違いと類似点があることに気付いてしまう。

如何に不完全な言葉を使ってきたことか。始めのうちこそ何も知らない胎児に教える満足感を味わっていたが、今はそれが徐々に苦痛になってきた。

何でも知っていると思っただろうが、知らない事、分からないことが私にはあり過ぎた。出会った時に宣告した通り、私は完璧な人間ではないのです。

「……あの家を見て。金持ちの家に違いない。門構えや大きさからして相当高価だ。細部にも気配りしてある。庭には山水を施し、雑草一本生えていないし、枯れ葉一枚落ちていない。……少なく見積もっても××円はかかっている。あの車は有名な高級車だ。××円はするだろう……。すごいだろう？」

自分の所有物であるかのように得意になって説明した。しかし、期待した驚きは微塵も見せなかったばかりか、胎児が退屈顔で尋ねました。

「……『円』ってなんなの？」

それを耳にした途端、笑いが込み上げてきた。

「何も分からないんだ！」

そう思う反面、自分が無意識の内に価値判断に支配されていることに驚かされた。何と無意味で愚かな習慣か。私は赤面せずにいられなかった。胎児は形而上学的には幾分理解出来たが、形而下学的なもの、俗物的な価値になると皆目分からなかった。

「……育つ環境の他に判断力や記憶力が違うから、君の心配はまったく当たらない。人間を形成している要素は複雑だ。それを取り巻く環境もまた多面的です。それ故、人間はいろんな個性があって素晴らしいとも言える。……その本性の美しさを出せる人は幸福だと思う。国家は自由と平等と独立の尊重を基盤としているが、個々人は何らかの方法で社会から干渉され、影響を受けないではいられない。そんなしがらみの中で特性や才能を伸ばすことのできる人は稀だ」

私も偽善者だ。言っている事と本心が矛盾している。

今まで色々の経験をして知識を吸収した。しかし、向きを変えるに従って現れる難問に対しては、場当たり的な判断で対処する意外に方法を知らなかった。

「良くわからないよ……。どうしても勉強しなければいけないの？　……勉強しなくても大人になれるんでしょう？」

胎児は眉間に縦皺をつくって不安げだ。

「勉強しなくても大人にはなれるよ。しかし、自由に育つと奔放になる。甘やかすと嘘つきで怠け者で、人に頼る人間になる。競争ばかりさせると冷酷で協調性の無い人間になり、社会生活が出来なくなる。欲望をコントロールし社会に適応し、更に自分の特性を引き出す知識を習得することが必要なのだ。……物質が豊富な現代、学ばなければならない事が増加している。生きる範囲も情報もマスコミの発達で著しく拡大された。全てを知ろうとしたら気が変になってしまう。……生きるには少しの知識で十分なはずだ。人間の心をとらえ、笑わせたり泣かせたりするのは単純素朴な人間ドラマなのだから……。それだけで満足出来ない人が悲劇に巻き込まれている。……僕も自分の境遇に満足できない一人です。自分が演出する舞台で悲劇のヒロインを演じている……」

学生がハンドマイクで通行人に訴えている。割れるような濁声で、真剣に聞こうとしない者には獣の遠吠えにすぎない。

「……みなさん！　一緒に立ち上がって下さい。そして、戦って下さい。自由と平和を取り戻すために……。政府は我々の日常生活に干渉している。その策略を払い除けなければなりません。……世の中を見なさい。政策と銘打ち、国民を掌握しコントロールしようとする陰謀は留まるところを知らず、あなたがたのお茶の間や寝室にまで伸びている。……恵まれていて現在の生活に不満のない、中流階級を自負しているあなた！　……騙されてはいけません。将来、何が約束されていますか？　……何もない！　あるのは安易な人生観です。『何とかなる』『何とかしてくれる』といった無責任さと優柔不断です。安易に信じてしまう放埒さ、不満にもすぐに慣れてしまう気前の良さなのです。それでは彼らの思うつぼだ……。危険を冒して戦えと言っているのではない。向上心を持って生きて欲しいのです。真の自由は？

本当の幸福とは？　これで良いのか？　そう自分に問い掛けて欲しいのです。政治にコントロールされ、作為的に作り出される流行と世論の奴隷に甘んじてはならないのです。……人生は長くはないのです。一度限りの人生。躊躇している間も時間は刻々と過ぎます。迷っている猶予はありません。考える前に行動し、何か一つでも改善して欲しいと思います。……欠点と弱点だらけの中産階級を自認しているあなた達は、気の毒な人達だ……」

私は優柔不断ですが、少しは現実的に生きているつもりです。社会に貢献しているかどうかは、一度も考えたことのない人間です。

一番になることや百点をとるのは、私にとってどうでもよいことです。私の生き方をするより他にどうしようもないんです。自分を犠牲にして、人の為に生きる人がいるなんて信じられません。……天下国家を真剣に考える人が比較的多い事に驚かされます。彼らは私欲を捨てて社会に貢献しようと本当に考えているのだろうか？

演説者が声を張り上げて訴えると、興奮した聴衆が口々に叫んだ。

「そうだ！　君の言う通りだ！」

「我々は騙されている！」

「私達はロボットじゃない！」

「俺達は国家の奴隷じゃない！」

「マスコミに翻弄されるな！」

同感して叫ぶ者が次から次にウエーブを描いて増えてゆく。その興奮と感激が人から人へと伝わり、集団が発する巨大なエネルギーが辺りに充満した。

これが大衆心理というものでしょう。訳も分からず衝動的に大勢に加わる人の多い事。自己主張しているはずが、大衆の中では個人の価値観や特質が消失している。

個人の貴重な意見を無視し、数の原理で武装した民主主義は、歪曲したナショナリズムを産み出した。それが不幸な民族戦争の傷跡を歴史に残した。

現在も多数決の原則によって祭りあげられた権力者により、悪政と戦争が続いている国がある。一人の英雄を選んだ国民が、その英雄によって自由を弾圧されている。その不条理に気が付いている人は少ない。これが民主主義の基本理念の自由と平等なのでしょうか？

不気味なまでに膨張したエネルギーと不穏な空気が辺りに充満する。それが大きな塊となって暴走しようと動き出した時、勢いを制する者があった。

「現実を直視しなさい！　前に横たわる巨大な力と壁が見えないのですか？　どうやってその力に立ち向かい、壁を乗り越えるですか？　個人の勤勉さや努力でもって乗り越えられないほど高く、破壊出来ないほど強固だってことに気づかないのですか？　……我々の微力な力で何ができますか？　……君達に何ができるんです？」

演説者は反論されて動揺した。しかし、すぐにやり返した。

「何も出来ない？　何をやっても無駄だと言うのか？　君は卑怯者だ！　何もやらない事に対して、弁解の言葉を何時も懐に持ち歩いている。……腑甲斐なさを取り繕う切り札を隠し持っている。君は第三者として物事を見る傍観者だ。物事の本質を見ようとしない。自分本位に物事を判断することに慣れ過ぎている。自分の幸せと子孫の繁栄のみを真剣に考え、取り巻く諸々問題を置き去りにしている。……それも間接的には自分の問題として認識し対処すべきだ。君の様な若い人は狭義な生き方に留まらず、時には日常生活の範囲から飛び出し、外部から自分を見詰め、危険に立ち向かう勇気が必要だ。そこには失敗も挫折もあるだろう。やってみない事にはなにも出来ない。……失敗してもいいじゃないか、人間は安易な成功からよりも失敗の反省から学ぶ事が実に多いのだ。堅実で失敗しないのも悪くはないが、それだけ向上も少ない。何かにむけて投機し、試行錯誤しているうちに新しい目的と自由が生まれる。……他力でコントロールされた生活と自分で適当に取り繕った人生では不愉快じゃないですか？　一日のうち何時間自分の為に生きていますか？　満足した安らぎの時間を何時間もっていますか？　……自ら設計した理想の生活を行わない以上、生きている資格も満足もない。国王でも大臣でも大富豪であっても、自分の時間を持っていないとしたら何と味気ない人生でしょう？　自分のために過ごす時間が持てないようなら、地位も名誉も財産も色あせてしまいます。そんな人生は羨ましくない。……マスメディア社会で自分を社会と切り離して考えることは不可能だが、少しでも良くなるように積極的に、そして、能動的に働きかける必要があります……」

弁士は興奮して喋っている自分に驚き、自制し優しくゆっくりした口調で話した。演説は延々と続いた。

「その通り！」

「君に同感だ！」

「我々も戦うぞ！」

群衆は口々に叫んだ。

再び起こったウェーブが次第に大きなウェーブになった。やがて大きなうねりとなったエネルギーは膨張し、津波となってふたたび人々に襲いかかった。誰が見てもそれは危険なまでに膨張していた。

その場は涙と興奮の坩堝《るつぼ》と化した。今にも暴動が起こるのではなかろうかと懸念されたが、時間の経過と共にエネルギーも次第に鎮静化した。聴衆のエネルギーが結集したのは早かったが、離散も早かった。聴衆も潮が引くように三々五々と散りはじめた。

堪り兼ねた演説者が、

「君達は意気地なしだ！」

涙声で叫んだ時、私と胎児を残しただけで聴衆の姿は一人もなかった。

「やればいいじゃない。やりたい事……」

胎児が口調を真似て笑った。

その言葉を聞いて私はムッとした。

「やりたいことをやれ？　たやすく言ってくれるじゃないか。何をやったらいいか分からないから迷っているんだ。……成すべきか？　成さぬべきか？　それが問題なんだ」

胎児の考えは単純明解、あれかこれか、是か非かのどちらかだ。

二者択一すれば解決する問題じゃない。人間は胎児が考えるほど単純じゃない。これが駄目なら、それ、で解決する位なら我々は悩んだりしない。

イライラした。もう少しで良識を失い、

「このガキ！」

と叫びそうになった。

何十年もの間、日夜考え続けても結論のでない大問題を、そんなに簡単に片付けられたのでは堪ったもんじゃない。それも、なんにも分からない赤子に言われたんです。

一つの決断を下すのにどれほどの熟考と時間を要し、決断から行動に移るまでどれほど迷いがあるか分かっちゃいないんだ。行動に移ればまだしも、実行に移る以前の計画段階で終わってしまう事がどれ程多いか……。人生は昆迷と模索と躊躇の連続と言っても過言ではない。

「何も分かっちゃいない！」

無性に腹が立った。再び口もきかず黙々歩いた。

「貴様なんかに何が分かる？」

怒りが脳裏を駆け巡り頭痛がした。

「……ねえ、どうして？」

前方を睨んで歩き続ける私に追い縋り、胎児が恐る恐る尋ねた。顔色を窺えば、相手は何を考えているかほぼ見当がつくはずなのに、胎児ときたら……。人に対する配慮も見識もまったく持ち合わせていない。

「大人の考えが分かるはずがない！」

諦めに似た思いが脳裏を駆けめぐる。

理解していても、大人と討論している様な錯覚に陥って興奮した。

「二度と口をきかないぞ！」

そんな怒りも徒労に終わり、余りにも大人気なかった態度を反省した。

「ハッハッハッ……」

歩きながら声を出して笑った。

胎児には複雑怪奇な大人の心理状態は理解出来なかった。それでも、私が笑い出したことで安心し、嬉しそうに微笑んだ。

「……世間がこんなにも非情で住みにくいとは思わなかった。平凡な生活が嫌で、ユニークなことを思いつき、実行しようとするとたちまち周囲から反対の声が起った。思考の段階で夢も希望も叩き潰された。それでも頑固に意志を貫き通そうとすると、人を憎み世間を嘲る結果となり変人扱いされた。……いたたまれず、両親を捨てて都会に出た。人間の坩堝の大都会に安心と立命の境地を求めて逃げ込んだ。……独りになって却って惨めだった。同じ繰り返しと成長も建設もない毎日が不安だった。平凡に甘んじ、向上心の欠乏した友人を軽蔑した。……平凡？　何と耳障りで嫌な言葉だ。これは僕が最も毛嫌いしていることの一つだった。しかし、友人が平凡な日常生活を繰り返し、確実に何かを築いている事実を知った時から新たな迷いが始まった。……アカデミックで進歩的だった自分が、たちまち不完全な人間と化した。もともと不完全な自分を偽り虚勢を張っていたのだ。欠点を悟られ、弱点をさらけ出すのが怖くて……それまでの生活は自己との対話、命令するのも服従するのも自分だった。社会に出ると意志も判断力もある人間、完璧を自負して疑わない相手と交わらなければならない。そこで自分の意見を通すことが大変困難だ。僕は成人した人間で経験も豊富だ。経験が増すに従って可能性への追求、即ち、欲求も多くなる。可能に見えるが現実はそんなに甘くないから不満が残る。それでも執拗に自分を愛した。人生は短い。無駄なく有意義な人生を送れ。……その為には自由な立場に自分を置いておかなければならなかった。大都会の人混みの中で日夜不安と孤独と戦った。それを紛らわす為に本を読んだ。それが悪かった。知識を得てますます不安になった。たくさんの生き方を学習して進むべき道を見失ったのです。……紆余曲折を経た今、朧げながら失敗に気付いている。自分だけの自由と幸福を求めたが為に、周囲より孤立し存在価値が見出せなかったからだ。生活するには社会と関係を保ち、役立っている自覚が持てなければならない。……執拗に自分を愛し、平凡な幸せを嘲笑した僕は狂わんばかりに孤独だった……」

興奮した目から大粒の涙がこぼれ落ちた。嫌悪が顔面から消え去り、両手を挙げて涙を拭うと安堵に似た清々しさが心中に広がった。一度も自分の弱さをさらけ出したことがなかった。誰も信用出来なかった。自分も信じられない時期があった。建前だけでごまかしていた。本音を話そうと誓っても、口から出る言葉は偽装され誇張されていた。

容疑を否認し、偽証と黙秘を繰り返していた犯罪者が虚偽の鎧を脱いで身軽になり、嘘をつく必要がなくなった安堵感と落胆がオーバーラップした気分だった。

胎児は話に耳を傾け、ウンウンと相槌を打って頷き、時々、同情と憐れみの言葉をかけてくれた。すべて理解してくれたとは思えないが、真剣に悩みを聞いてくれる者が一人でも居ると思うと嬉しかった。

トボトボ歩いて行くと、また熱弁を振るっている者がある。高給仕立ての背広に菊の花を差し、純白の手袋をした紳士が三人、等間隔に立って各々の意見を聴衆に話していた。最初の紳士は肥満体で、見るからに金持ちの様相だ。大きな体に力を込め、大声で話しているので巨体は汗だく、顔はゆでたてのタコのようだ。

「……科学の進歩はすさまじい。人間の欲望の赴くままに進歩発展しなければならない。時代遅れのものはこの世から排除されるべきだ。残しておくものは、一つで結構だ。動物なら種類別の剥製にして、時代の遺物として博物館に展示し、歴史に名を残せば良い。……『我思う、故に我あり』。『人間は一本の葦に過ぎない。しかし、それは考える葦である』。そうです、我々は考える動物だ。絶えず新しいものを求めて生きる動物です。だからこそ、限りない進歩発展してきた。古いものや弱いものは自然淘汰される運命にある。人類の叡智を結集し、より高い文化、より物質的な社会を築くために日進月歩すべきである。マスメディアやマスプロダクションの発達によって全てが大型化、大衆化している。ここでは伝統的な文化や精神が失われても致し方がない。……人間は模倣を好む。他人の真似は子供の頃から始まり、プロパガンダのデモンストレーション効果によってますます助長されるばかり。道徳的にも芸術的にも日常社会においても然り……。模倣を好むのは、他人と同じことをしている事で安心する精神。それは自分の意志からであって、決して外圧からではない。社会には法律とか慣習とか、外圧的に一絡めにしようとする力も働いている。伝統的に広く認められた法則や決まりがあって、それを守らなければならないように周囲が意識的に、または無意識的に攻めたて監視している。今日の社会では個性や人間的な特殊性が失われ、平均的なものになってもしかたない。……錯綜した文明社会にありながら、次第に単一化、一般化されなければならない。それが我々の宿命だ……」

太った男が熱弁する側で同じように力説している者がいる。

神経質そうな痩せ型で、まったく違った事を同じ口調で話している。

「科学技術の進歩は早過ぎます。欲望の赴くままに進歩発展してはならないのです。時代遅れのものと言えども疎かにしてはなりません。このままでは良いものの必要なものも廃棄され、忘れ去られてしまう。残しておきたい貴重なものもいっぱいあります。……血の通わない剥製なんか見たくない！　絶滅した動物や植物を博物館で見るのは味気ないとは思いませんんか？　歴史に名を残せば良いというものでもありません。……我々は考えすぎます。新しいものを求めすぎます。進歩発展ばかり求めてはいけないのです。必要以上に速い進歩発展は続けるべきではありません。時代遅れになったものにも後世に残したいものがいっぱいあるはずです。それを保護育成するのも我々の使命です。より良い社会を築くために古き好き時代から多くを学ぶべきでしょう……。マスメディアとマスプロダクションの発達した今こそ個性的になるべきです。伝統的な文化や精神を維持しつつ、如何に発展するかを考えることが我々の使命なのです。……人間は我が儘で模倣を好みません。利己的なのは子供の頃から始まって芸術的にも日常社会において模倣を毛ぎらいします。……他人と同じことするのを好みません。それは自分の意志からであって、外圧からではありません。社会には法律とか慣習があり、一絡めにしようとする力も働いています。しかも、伝統的に認められた法則や決まりがあって、守らなければならないように周囲が意識的に無意識的に責め立てます。個性や人間的な特殊性が失われて、単一化、平均的平等なものになるのは絶対に良くないことです。錯綜した文明社会にありながら、人間は次第に複雑化、個性化しています……。それが我々の宿命なのです……」

神経質そうな男が真剣に訴えています。

少し離れたところで、中肉中背の紳士も異口同音に熱弁を振るっています。

「……科学の進歩はすさまじい。確かにそれは喜ばしい。しかし、欲望の赴くままに進歩発展し続ければ大変なことになる。好むと好まざるとに関わらず、発展し続けるでしょう。その勢いは誰にも止められない。時代にあわないものが出ても仕方がない。求めた結果の反動として生じたものであるからやむを得ない。……時代遅れのものでも疎かにしてはいけない。少なくなった動物や植物も人間の力で増やす努力をすればいい。自然の状態で保存することが難しいなら、科学を駆使すれば良い。……確かに我々は考える動物だ。時として考え過ぎるきらいはあるが、考え、求めたから近代社会を築く事ができた。新しい発明や発見に考える事は不可欠だ。……古いものも貴重だから残しておきたい。歴史は二度と作れないから過去の遺産は貴重だ。……古い文化と新しい文化、物質的社会と自給自足の調和。そんな社会を築くために柔軟な考えを持つべきだ。……マスメディア、マスプロダクションが発達した近代社会において、社会では均一的であっても、一個人は個性的であるべきだ。伝統的な文化や精神を維持しながら如何にして新しいものに適応して行くかが課題なのです。……人間は模倣を好みますが、その反面、利己的で同一視される事を嫌います。それはその場に応じた意思であって、決して外圧的なものではないのです。社会には法律とか慣習があり、一絡めにしようとする力も働いています。社会秩序を保つ為にそれらを守らなければならないように周囲が牽制しあうのです。……徐々に個性や特殊性が失われて、平均的なもの平等なものになれば良いのですが、それは不可能でしょう。人間は不可解で複雑な動物なのです。……同化したり背反する意志が同時に存在します。それが人間をより複雑で困難なものにしています。悪があれば善がある。存在するものすべてが必要不可欠なものです。その存在は誰にも否定できません。悪も善と同様に公認すると判断に迷いか生じ、自分を見失ってしまう。失意と混迷のうちに人生を終わるはめにもなりかねない。……それでは生きる価値がない。どうしたら良いのか？　調和しかない。そして、未来に期待すること、それしかこの混迷から抜け出す手だてはないのです……」

中肉中背の紳士が力説した。

三人三様の意見を述べている。三人の主張を同時に聞いていると、薮の中に紛れ込んだ様に出口どころか、自分の足下しか見えなくなってしまう。弁士は必死に訴えているが、聴衆はほとんどいない。時折、好奇心の強い人がやって来て耳を傾けるが長続きせず、軽蔑の言葉を残して通り過ぎてしまう。

私が近づくと、国の将来と国民の幸せは自分の双肩にかかっていると豪語して止まないそれら三人の偉い人達が私に駆け寄った。次々に純白の手袋を差し出し、美辞麗句を並べ、私の注意を引こうと握手を求めた。

「君は国家の将来を担う若者だ！」

「国家の将来は君の双肩にかかっている！」

「君は立派だ！　君こそ我々の代弁者だ！」

三人三様に私を褒め称えた。

私は刑罰を受けた事も褒められた事もほとんどなかった。三人に囲まれ、当惑と羞恥で呼吸ができないほど苦しかった。

好奇心の強そうな若者が来たのを機にその場を逃げ出した。その慌て様がよほど滑稽だったのか、胎児は楽しそうに笑いながら後に付いてきました。

「君は国家の将来を担う若者だ！」

私に言ったのと同様の言葉で、若者に語りかけるのを聞いた。背後から聞こえる美辞麗句に耳を閉ざして足早に歩いた。

「私利私欲は微塵もない！」

断言しているが怪しいものだ。偉人伝や映画でそんな人物の存在を知ったが、現実に対面する機会が全然なかった。

私生活を犠牲にして国家万民の幸せのために日夜奔走していると言っているが、己の名声や社会的地位や権力に執着している人が多い。それも金権的なものになると実に見苦しい。

金科玉条、美辞麗句を並べ立てているが、その実生活は金と権力に汚染されている。

「大人はむずかしいことを考えて生きているんですね？」

無言だった胎児が重い口を開いた。

「そうじゃない。何時もあんなことを考えて生きているわけではない。人生はもっともっと簡潔で単純な人間のドラマなのです……心配しないで」

「ほんとう？　……でも、不安です」

難しい言葉を羅列した演説を聞いて、胎児はすっかり落ち込んでしまった。

「みんな偽善者だ……。聴衆の気を引こうと意識するあまり真実を述べていない。理想を訴えるだけで実践していない」

可哀想なほど落胆していた。未知の世界に対する不安もあったのだろう。何んとかして胎児を元気づけたいと思った。


外面ばかり立派な人がいる。大切にしなければならない家族や回りの人を犠牲にして、地位や名誉を死守している愚かな人達である。自分や家族を愛せない人が、如何にして人を愛する事が出来るでしょう？　人を愛せない人間に幸せの意味が分かるでしょうか？

「……偽善者として生きる位なら、犬の方が良い。犬は俗悪なことで悩まなくていいはずですから……」

誇張した言葉に満足して微笑んだ。

「……あなたは立派な犬です。そうじゃない?」

躊躇しながら胎児が言って、例の調子で明るく笑った。悪気のない冗談だと分かっていても、犬と言われてムッとした。

「……犬にしか見えませんよ」

繰り返し言った後、フッフッフッと笑った。今度は少し遠慮した笑いだった。

「犬? 冗談もいい加減にしてくれ! ……我慢にも限界があるぞ」

機嫌が悪くなり、大声で喚いてしまった。驚いた胎児が飛び上がった。そして、小首を傾げながらしみじみと私を見て呟いた。

「犬に見えるんですが? ……これほど犬に似た人間がいるのかしら?」

胎児の独り言を耳にして不安になった。

自分がどことなく普段と違う事に気づき始めていた。それまでとは違って、ベッドで腹這いになった高さに目線がある。それまでは胎児を見下ろしていたのに、見上げる格好に変わっていた。

疑問を抱き始めてから、自分が四つん這いで歩いているのに気付くまで時間はかからなかった。手足はもとより、見える部分は全て毛で覆われていた。顔や体全体は見えませんが、胎児が言った通り私は犬に変身していました。苦痛も違和感も伴わないで、犬に変身していたのです。

「人間より犬の方が良い」

と言ったのは確かですが、本心ではありませんでした。

犬になったと分かった時、少し悲しくなりました。必ずしも人間が良かったとは思えませんが、人間もまんざらではなかったと思わずにいられなかったからです。

「仕様がない。犬でもいいや」

プラス思考に切り替えました。

人間にない良さもあるはずです。愛犬家が犬について書いた著書はたくさんあります。しかし、犬が犬や人間について語ったり、書物にしたことが無いから分かりませんが、そうなった以上は、犬としての喜びを感じないと損です。

発想を転換すると、羞恥心も不安も何処かに吹っ飛んでしまいました。困った事は、電柱や塀を見るとオシッコをかけたくなる事でした。それは縄張と権力の行使でもあります。犬である以上この習性は何んとも致し方がないのです。片足を上げるのも最初は躊躇しましたが、そのうち何にも感じなくなりました。慣れるということは実に恐ろしい事です。

私は犬が苦手でした。大きな番犬に吠えられると身が凍る思いがしたものです。可愛らしいペット用の小型犬ならまだ我慢できます。そんな小心で優しい心の私が変身しているのは大型犬らしいのです。それも相手を威嚇するほど獰猛な犬です。大きさや風貌を確かめる事は出来ませんが、私を見るや否や、子犬や猫が一目散に逃げて行きます。その様子を見ただけで、どんな犬か想像出来ました。頭をなでてくれる人もありません。幼児は恐がって母親に抱きついて泣き叫びました。

初めは自分の強さに満足していました。それも時間が経つに従って、悲しくなってきました。どんなに優しく振る舞っても、好意を抱いて近付くものがいなかったからです。友好の印に尻尾を横に振っても、みんな逃げ出してしまうのです。シッポを横に振るのは、犬が喜んでいる証拠だと知っている人でさえ後退りします。私は孤独でした。外見で判断するのは犬の社会も同じでした。

「犬になって、どんな気持ちですか？」

胎児がニコニコして話し掛けました。

彼が側にいなかったなら、孤独の余り自殺していたかも知れません。犬が自殺した話は聞いた事がありませんが、自殺した犬がいても不思議はないでしょう？　人間には分からないだけです。犬には思考力がない、と勝手に思っているだけです。それは人間の自惚れなのです。

「犬になった気持？　……犬の気分さ」

単純明解にしか答えられなかった。

他にどんな表現があったでしょう。人間ならいろんな言葉と表情で説明したでしょうが、犬ではどうしようもありません。説得力も例えようも無いのです。その上、犬の言葉や感情が理解できるかどうかはっきりしていなかったのです。

「……散歩かい？」

驚いて振り返ると、家の玄関に大きな灰色の犬がいました。どうも犬の言葉が理解できるようです。腹這いの格好で私を見ていました。他の犬ほど私を怖がっていません。飼い犬で身なりもきちんとしていましたが、動くのも面倒だ、といった感じです。

「飼い主はどうだい。好い人か？」

年上の人が目下のものに話す口振りです。年寄りなのでしょう。大人っぽい口調で分かりました。

「……まあまあです」

不愛想に答えました。

そうとしか返事が出来なかった。犬として人間に飼われたことがなかったので、返事のしようがないのです。

「それなら上等だ。俺の主人は最低だ。教養がないというのか、だらしないというのか、散歩の時間が何時も不規則で困る。犬の気持を無視して、思い付きで俺を引っ張り回すんだ。……良識ってものがないんだ。犬の散歩だと言っているが、自分の健康維持の為に散歩しているんだ。散歩の時間までウンチやオシッコを我慢している犬の身にもなって欲しいよ。雨や風が吹いている日は中止。酔っ払って遅く帰った翌朝も止め。犬に対する思いやりってものが全然ないんだ。……もっとも、俺が家族全員に可愛がられたのは子犬の数か月間だけだった。あんなに優しかった子供達が、自分よりも大きい犬に成長すると目もくれなくなった。そして、オヤジが世話係に任命された。……優しい時は、特別機嫌が良いか夫婦喧嘩をした時か、子供が言う事を聞いてくれなかった日に決まっている。そんな日は気味が悪いほど犬に優しくて散歩の時間も普段より長い。……長ければ長いほど嬉しいが、行きも帰りも家族のことをあれこれグチられるのには閉口するぜ。……時々、足蹴にされることがある。……関係のない犬に八つ当たりしないで、当事者の女房や息子をぶん殴ってやれば良いのに、それが出来ないんだ。そうすればもっと嫌われると思うからそんな勇気が湧かない。……生来の小心者なんだ。俺と散歩することでストレスを解消しているんだな。犬に不満をぶつけてどうなる？　同情しないこともないけど、トラブルに巻き込んで欲しくないよ。……食事も大変なんだ。買い与えられるもので満足しているが、いつも満足して食べている訳じゃない。

……不味いから食べないと、犬のくせに生意気だと怒る。……すぐ『犬のくせに！』と怒鳴る。『犬のくせに』と言うからには犬の気持ちが分かっていてもよさそうなものだが、言葉で伝えないと分かってもらえないなんて悲しいことだ。……最近は夜中でも若い連中の騒音で悩まされるからストレスがたまって大変なんだ。犬にストレスはないと思っているのかな？　犬の気持ちを分からせる何か良い方法はないものだろうか？　……」

相手は眉間に縦皺を寄せながら質問した。

「そうですね……。散歩の時間になったら、吠えてみるのも一つの方法でしょう。ご主人を崇め奉り、服従を誓うのも一つの方法です。まったく逆に戸を噛ったりドアを蹴飛ばしてみるのも一つの方法です。……飼い主に似てルーズな犬になる事が最善の方法だと思いますよ。飼い主に似れば、不満もなくなるでしょうから……」

無責任な助言をすると、首を縦に振り尻尾を横に振って喜んだ。

血の滴るような美味しそうな肉をくわえた仔犬が通り掛かった。その時、物陰から現れた毛並みの悪い野犬が尻尾をピンと持ち上げて突進した。肉を奪われまいと仔犬が抵抗した。しかし、抵抗も空しく仔犬は尻尾を巻いて逃げ出さなければならなかった。

「やめろ！　まだ仔犬じゃないか？」

私の言葉に耳を傾けず、力ずくで奪い取った肉を野犬がガツガツ食った。

「強いものが勝つんだ」

獰猛な野犬は血に染めた歯を見せてニッと笑った。

平和だと思っていた犬の世界も、弱肉強食の修羅場だった。住宅の入口で寝そべっている犬や人間と散歩する犬を見ただけでは、想像できない世界でした。犬として生存して行く自信がなくなりました。弱肉強食の世界を見て恐ろしくなった。まだ犬になりきれず、人間の思考で物事を考えていたからかも知れません。

「自由も結構だが、腹が減っては……。不自由でも食べられるだけましさ」

老いた犬が言った後、眠ってしまいました。

「……犬にも不満がありそうですね？　それでも犬の方が良いんですか？」

犬の私を胎児が覗き込みます。

何んとも複雑な表情でした。なぜ犬になりたがったか理解出来なかったからでしょう。

「こんなはずではなかった」

「……」

「……こんなはずじゃなかった。犬なら煩わしい人間関係に悩まされることはないと思った。毎朝、嫌々起きて背広に着替えネクタイで首を絞めることもない。……歯を磨いたか？　ハンカチを持ったか？　と訊かれることもない。窮屈な靴を履かなくてもいい。家を出た途端、愛想笑いで挨拶をすることもないと思った。会社で上司に一日中命令され怒鳴られることも、女子社員に煙たがられることもないと思った。……儀礼に縛られることなく玄関で寝そべったり、公園を走り回っている犬は自由奔放でとても楽しく見えた。……しかし、その世界にも競争や不満があった。野犬は自由だが、食べ物を捜す苦労がある。飼い犬になれば食住は保証されるが、鎖で繋がれ主人の命令に服従しなければならない。経営者に命令とノルマで扱き使われ、会社にいる間は自由になれない人間と同じだ。鎖で繋がれていないだけ、犬より人間の方が少しは増しかな？」

独言を聞いた胎児が、背を向けてクスクス笑っているのが分かりました。

「……そうだ！」

突然のひらめきに、大声をあげてしまった。胎児は目を白黒しています。

「そうだよ！　犬より鳥の方が良かった。人間や犬と違って、鳥は無限の大空を自由に飛び回ることが出来る。誰にも邪魔されず空を飛び回ることが出来たら素晴らしいじゃないか？　鳥だ！　鳥なんだよ！　……よく空を飛ぶ夢を見た。ジェットパイロットになって雲海の上を飛ぶ夢だ。……青春時代、パイロットになりたくて、何度も航空自衛隊のジェット戦闘機を見学に行った。高校生の夏休みに航空自衛隊に体験入隊をして、パイロットになる訓練をしたこともある。スクランブル発進する戦闘機を見ると興奮して心が躍った。……体がやっと入る小型飛行機に乗って、自由に大空を飛び回る夢も見た。それは自由と夢が満ち溢れた少年時代だった。そんな突飛な夢だけでなく、楽しい夢を見なくなって数十年がたつ。……確かにそうだ、夢は空を飛ぶことだった。鳥の様に自由に空を飛び回ることだ。鳥を見ながら、空を飛べたらどんなに素晴らしかろうと何度羨んだことか……。そんな空想をして空を見上げたのがつい先日のような気がする。……そうなんです。僕は犬よりも鳥になりたかった。間違いありません。鳥なんです！」

興奮して飛び上りたい気分だった。

「鳥？　鳥は自由なの？　……」

疑り深い胎児の質問に腹が立った。

人が何を思おうと、そんなことはどうでもよかった。頭は空を飛ぶことで一杯だった。

「人間や犬よりは自由だろう……。大空を自由に飛び回ることが出来るんですから」

「……鳥になりたいと言いましたね？」

穴が開くほど私を見ていた胎児が控えめに訊きました。

「……あなたは鳥じゃない？」

「エッ！　……」

「あなたは立派な鳥ですよ？」

「そう鳥だ！　鳥だ！　……心は鳥になって空を飛び回っている。話しているうちに鳥になったような気分だ……。目を閉じていると、青空にフワリフワリ浮かんでいる自分を想像してしまう」

嬉しくてクスッと笑い声をあげてしまいました。

「……目を開けてごらんなさい。あなたは鳥ですよ」

「鳥？　……言われてみれば……」

犬になった時と同じく、いつもと様子が違うことに気付きました。

胎児の言う通り、私は鳥に変身していました。犬から人間を通り越して鳥になっていたのです。四つん這いに歩く犬ではなく、左右の翼を羽ばたいて宙に浮かんでいたのです。それまで見上げていたのに、いつしか胎児を見下ろしていました。

「……行ってくるよ。また後で……」

左右の翼を羽ばたいてスーッと大空目掛けて飛び立ちました。

フワリと宙に浮いた私の体はどんどん上昇し、胎児の姿も次第に小さくなって自然に同化して見えなくなった。更に上昇し、雲海の上に出た。気分は爽快だった。

「自然界にあって、人間は塵芥の如き存在なんだ」

悟った様に言って私が笑った。

しかし、見ると行うとは大違い。空に浮かんでいることは、簡単そうでなかなか大変でした。風が吹いているので不安定なのです。初めて足が地に着いていない経験をしたものですから不安もあります。ちょっと羽を動かし、角度を変えただけであらぬ方向に飛ばされます。人間の意識が残っている間、浮かんでいることさえ不安でした。風に乗って急降下したり、急上昇するコツを覚えるまで多少の時間がかかりました。

慣れると徐々に不安が取り除かれ、自由に飛べるようになりました。キリモミ状に急降下することにも挑戦しました。それが完璧にマスター出来た時、ようやく鳥になった実感が湧きました。はるか前方の目標に一瞬にして近づく技術を習得した時、満足感で胸が張り裂けそうでした。

上空から地上を見回すことが出来るのも素晴らしいことです。どんなに小さな動物でも見分けることが出来ます。空から見る景色は、想像していた以上に素晴らしいものでした。航空機の小さな窓に鼻をくっつけて見る世界と雲泥の差があります。障害物もなく、見える範囲がすべて空です。私の意志で何処へでも飛んで行けるのです。

人間は飛行機やヘリコプターを発明しましたが、まだまだ鳥のようには自由に飛べません。風を利用して飛び上がる早さや獲物を見つけた時の俊敏さには程遠いのです。

それらは軍事目的で作られたものですから、遊び感覚が欠落しています。それに、鉄で出来ているものですから、温かいハートを取り付けることが出来ないのです。音も大き過ぎます。あんな騒音を発したら、恐がって誰も近づいては来ません。

鳥の発する音といえばハートを打つ鼓動だけです。コットン、コットン、実に可愛い音色ではありませんか？

悠々と空を飛んでいました。その内、ゆとりが生まれました。すると、それ迄見えなかった世界が見えはじめたのです。何も見えないので、大空が自分一人のもののように思っていました。しかし、それは大きな誤解でした。私が姿を現すと、小鳥たちが一目散に逃げ出すのがはっきり見えるようになりました。雲雀や雀は勿論のこと、地上を這い回っているねずみやイタチも穴に逃げ込みます。穴の中から鼻だけ出して私が遠ざかるのを待っています。比較的大きい鳩でも、ブルブル胸を震わせているのがはっきり分かりました。

飛ぶのを止めて岩影に身を潜めて様子を窺いました。隠れていたネズミやイタチが間抜面を出し、獲物を探して這いずり始めます。鳩も雀も一斉に飛び出して、ポッポポッポ、ピイチクパーチク飛び回りとても楽しそうです。飛行している間、前方は気味悪いほど静寂を保ち、後方ではお祭りのように楽しい雰囲気が感じられます。

少し悲しくなりました。性格からして、私は平和の象徴の鳩か愛玩用の手乗り文鳥が相応しいと思っていました。何故なら、小さいものや弱いものを守ってやろうとする優しい心を持っているからです。しかし、心底には私も知らない権力と支配欲と凶暴な性格が潜んでいたのに違いありません。平凡よりも非凡で特殊を求める野心の片鱗が残っていたのでしょうか？

私は空の暴君に変身していました。

大空を悠々と飛び回り、私を見て逃げ回る鳥達を見下し、満足感と優越感に浸っていたのも束の間、絶対の権力を得た私は孤独でした。碧空にも緑なす大地にも、黄銅色の岩場にも心の安らぐ場所はありません。

飛行していると、一羽のカモメが前方に現れました。カモメは海で取ったばかりの魚をくちばしにくわえていました。雛の待つ巣に帰って行くところだったんでしょう。辺りを警戒しながら飛んでいる様子は、気の毒なほどでした。だから私は遠く離れて危害を加えないことを態度で示し、安心させてやりました。そんな時です、何処からか一羽の鷲が現れて、カモメに体当たりしたのです。カモメは必死に逃げました。しかし、力もスピードも鷲には到底勝てません。二度目の体当たりで、カモメはくわえていた魚を落としてしまいました。落下する魚を見た鷲は、急降下して海面すれすれでそれをキャッチして悠々と飛び去りました。

餌を横取りするなんて、何と卑怯な行為でしょう。無性に腹が立ちました。

カモメが子猫のようなか弱い声で泣きながら、再び餌を探しに海に帰って行きます。傍観していた自分にも腹が立ちました。腹を空かせているカモメの雛が不憫でたまりませんでした。

広い空に対して、いかにも少ない鳥の存在に平和と自由を見ていました。しかし、現実は弱肉強食の生存競争が繰り広げられていたのです。鳥の姿をしていましたが、思考は人間そのままでした。私はここでも落胆させられました。地上に舞い降りた私は、犬の時と同じく悲観していました。

鳥になりたいと思いました。大空を悠々と飛ぶ鳥をイメージしました。飛んでいる自分を想像し、空想すると楽しくなったものです。どんな夢も実現すると同時に失望に変わってしまうのでしょうか？　犬と同じく、鳥でいることも断念しました。私には人間が一番あっているようです。

「……魚になりたい！」

またしても、大声で叫ぶものですから、隣の胎児が驚いて飛び上がりました。

「魚だ！　魚になって自由に水中を泳ぎたい。……ギラギラ輝く太陽とコバルトブルーの海を泳ぐ魚になりたい！」

むかし、魚のように泳ぎたいと思い、スキューバ・ダイビングを習って海に飛び込んだ。その時の感激は言葉では言い表せないほど素晴らしかった。浮力を得た体は軽くて持てあましてしまう。無重力の宇宙をフワリフワリさまよう妙な気分でした。それまで体験したこととまったく違う感覚の世界でした。目と鼻の先を色とりどりの魚が泳いでいる。好奇心の強い魚が側について離れない。数メートルも潜った水中から海面を見ると、そこは鏡のようにキラキラ輝いていた。まるで海中の楽園、龍宮城の様でした。

スキューバ・ダイビングの虜になったが、魚にはなれなかった。狭い視界の水中メガネからスイスイ泳ぐ魚を見て羨ましく思った。

「魚になりたい……」

目を閉じて魚になりたいと再び願った時、私は水中にいました。水の感触を肌に感じたので分かりました。心地よい冷たさは何とも表現できない喜びでした。

騒々しい地上と比較して、水中は静寂を保っていた。ほとんど何も聞こえない。聞こえるのは体で水を切る音だけです。恐る恐る目を開けると、太陽を吸収した水はキラキラ輝いて眩しかった。イソギンチャクや海藻が波にゆれ、色とりどりの色彩を放っている。

我が物顔に泳いで行く。何処まで泳いでも行き止まりがない。爽快感を味わいながら、プリズム色の光を放つ神秘的な海中を泳いだ。人間では到底味合うことのない感触と感激が全身に充満した。浮力を受けた体は自重も感じないでスムースに動いた。酸素ボンベも水中メガネも必要ないから、とても身軽だった。Ｕターンも前転もバック転も、ムーンサルトだって自由自在に出来ます。

バック転をマスターするのが小学生の頃の夢だった。前転と逆上がりは出来たがバック転は出来なかった。それを難なくやってのける友人をどれほど羨んだことか……。それが苦もなく出来る喜びを味わった。

充実感に満たされていた。疲れたので背泳ぎでノタリノタリしていると、キラキラ輝く光と水の感触が私の心を虹色にした。他に誰もいない。征服者の気持ちで我が物顔で泳いだ。水中の世界全体が自分の所有であるかのように錯覚した。ますます愉快になり自然に笑みが漏れた。

夢中で泳いでいる時は何も見えなかった。しかし、落ち着き始めた時、徐々に回りが見えてきた。

最初に目に入ったのはヤドカリだった。何かが動く気配に目を凝らすと、巻き貝に身を潜めたヤドカリがノコノコ歩いている。自分の他に動くものがいると知った驚きと同時に、それが余りにも小さく臆病なヤドカリと知って思わず失笑しました。痛々しいほどか弱く、そして臆病なヤドカリに同情して、なかった。

「恐がらなくてもいいんだよ」

優しく語りかけながら、あんな臆病な生き物でなくて良かった、と内心思わずにはいられなかった。

「フーッと一息で吹っ飛んでしまうぞ！　飛ばされたくなかったら早く逃げろ！」

無力なヤドカリをけしかけて喜びました。

ヤドカリがあたふたと逃げ込んだ岩影に顔を突っ込んだ時、心臓が飛び出るくらいに驚いた。岩の奥で大きな目が二つ光っているのです。水晶体がピカッと光ったのを確かに見ました。闇夜で猛獣に出会った時の驚きです。後退りして身構えました。そして相手が姿を現すのを待ちました。その怖さといったら……。

幾ら待っても相手は姿を現わさない。戦う意志がないようです。冷静になって気がつきました。その岩の隙間や奥行きからしてそんなに大きな相手とは思えないのです。

「俺以上に相手は俺を怖がっている……」

そんなふうに考えると、恐怖が一辺に吹き飛んだ。

その後、もっと嫌なことが待ち構えていました。神経質になり、辺りに注意を払いながら泳いでいると、色んな目が私を見詰めているのに気づいた。大きな目、小さい目、無数の目が私の一挙手一投足を固唾を呑んで見守っているのです。

岩の奥で体をくねらせながら戦闘体制に入っているのはタコでした。暗くてはっきり見えませんが、頭の格好や動きからしてタコに間違いありません。海草の間に潜んでいるのは伊勢エビです。長い触角と動きで分かりました。他にもいます。砂から目だけ出しているのは鯒か鮃や鰈の類でしょう。微動だにしませんが、警戒する目だけが臆病にキョロキョロ動いています。

魚だけではありません。貝やヒトデも怖がっています。ジーッと息を潜めて私が通り過ぎるのを待っているのです。

頭部を鈍器で強打されたようなショックが全身を過りました。またしても、私は海の生き物が恐れる巨大な魚に変身したのです。大きさは分かりませんが、鮫が鯱の類でしょう。体が大きくて心の優しい鯨ではないはずです。凶暴な魚らしいのです。

何が私を巨大な海の嫌われものに変身させるのでしょうか？　悲しき人間の性だったのでしょうか？　南海に遊ぶカラフルな熱帯魚になることが私の理想でした。水槽で観る熱帯魚はとても可愛いいではありませんか？

それが駄目でも、ピンク色の鯛か黒のストライプがオシャレな石鯛でよかったのです。

背後に聞き耳を立てると、恐怖から解放されたものたちの大歓声が聞こえます。前方やまわりでは絶対聞こえない歓喜でした。まるでお祭り騒ぎです。お葬式のような静けさの前方と大違いでした。祭りの輪に入りたくてUターンしても、そこは一瞬にして氷のような冷たさと静けさに変わるのです。その変化の速さに舌を巻きました。

若干の淋しさは否めませんが、海を征服した私は、堂々と泳いでその力を誇示しました。トップに立つものは何時でも何処でも孤独なものです。

その時、前を泳いでいた立派な鮪に鮫が襲いかかりました。アッという間の出来事でした。鮪の胴体に噛み付きながら、

「文句があるか？」

といった面構えで私を睨みました。

殺戮の方法が凄かった。ガブリと噛み付き、首を振って胴体の一部を食いちぎったのです。辺りには血煙が立ったのを見て恐怖が脳裏をよぎりました。それまでの高慢さや長閑な気分が、一変して苦痛に征服されました。生き物が生存する以上、弱肉強食の必然性は理解できます。しかし、共食いの現場を見て戦慄を覚えずにはいられなかった。それは私が最も毛嫌いした現実の世界だったのです。

「キラキラ輝く鏡の様な水面が陽気にしてくれたのに……」

断腸の思いでした。

海は自分一人のものと威張っていた高慢さが消え、空虚感と孤独が広がってきました。私

は自暴自棄になり、叫んでいました。

「誰か俺の優しさを分かってくれ！」

「……どうしたの？」

胎児の声がはっきり聞こえました。

ハッとして目を開けると、相変わらず無垢な笑顔の胎児が側にいました。

「どうしたの？　夢を見たの？」

「夢？　……夢だったのか？」

笑顔の裏に不安を隠して呟いた。

「……」

「……夢？　思えば長い間、夢を見たことがないな……。楽しい夢も悪夢も数多く見た時期があった。思い出すだけで赤面する夢を見た青春時代がある。……楽しい夢や悲しい夢ばかりでなく、悪夢に魘されることもなくなった。……生活に追われる毎日に夢すらもてなくなった為か？　それとも、人間が露鈍でずるくなったためだろうか？　……シリアスに生きる必要も無い。この世が矛盾や不条理に満ちていることを知って失望することもない。……些細なことに思い悩まず、諸々を笑い飛ばす勇気も必要だ。いつも前向きなオプティミストでいいんだ。……思い悩むより陽気に楽しく過ごした方が良いと思わない者はいない。その方が有意義で楽しい人生を送ることができるから……。些細な失敗や失言が無性に可笑しかった時代、純粋で潔癖で純朴だった。現実をあるが儘に受け入れ、疑うことはなかった。目に見えるままを判断した。何時も陽気で笑顔が絶えなかった。……高校と大学でヨーロッパやアメリカの文化を学んだ。特に、アメリカ映画や音楽の影響を受けた。……アメリカに憧れ、アメリカ人になりたいと思った。三年の兵役の後、外国人でも市民権が与えられると知り、アメリカ軍に志願することも真剣に考えた。真剣に悩んだ無謀な青春時代。余りにも唐突な考え、単純な夢……。夢も悩みも今にしてみれば呆れるほど単純で滑稽なものばかりだ……」

独白の後、ポケットに手を突っ込むとヒヤッとする感触を味わった。海水が詰まっていたのです。ポケットをひっくり返して水を出しながら私が笑った。

腹の底から次々と笑いが塊となって込み上げて来た。胎児もつられて大いに笑った。

「笑っている場合か？」

振り向くと、学生風の男が座っていた。

一瞬にして笑いが消えた。何冊もの本を小脇に抱えた男は、蝋人形のように無表情で神経がピリピリ張りつめていた。

ガラスの様に冷たく光るその目を正視した時、その男と出会ったことがあると思った。それが何処であったか思い出すのに時間はかからなかった。毎朝挨拶を交わす顔でした。そうなんです。少し若かったが洗面所の鏡で見る私自身に酷似しているのです。見れば見るほど学生時代の私と瓜二つでした。

「……気が違ったのか？　不平を言いながらも不公平を受け入れ、不満の中にどっぷりと漬かっている。実業家は私利私欲を貪り、ますます貪欲になり、政治家は愛想笑いを浮かべて実行の伴わない政策を公約する。そんな偽善者達に、無能な大衆は舞台役者におくる声援と同じ賛辞を贈っている……我々は長い間、超人的指導者の出現を待ち続けてきた。しかし、もう結構だ。この世には夢がなくなった。あるのは汚れた現実と暗い未来だけだ。人間は自らの手で墓穴を掘っている。……殺戮する武器を発明すると同時に寿命を伸ばす医薬品も発明する。豊かな物質文明を奨励しながら、公害の深刻さと自然保護を訴える。……この世は限りない矛盾に満ちている。いつ目覚めるのだ？　このままでは人類滅亡の日も遠くはなさそうだ……」

それだけ言うと、青年はロダンの彫刻の様な格好で考え込んでしまいました。

大学生の頃、こんな私のようなタイプの学生が大勢いました。彼らは苦学しながら一生懸命に勉強し、国の将来の為に何を成すべきかを論じていました。今にして思えば滑稽で道化の感は否めませんが、その時は真剣そのものでした。青春時代のニキビの様なものです。共産主義や退廃的なアナーキズムさえ信じ込まれたのです。……夢も悩みも現在の数倍あった喜怒哀楽の激しい時代でした。当時の写真を見ると吹き出してしまいます。学生服に身を包んだ青年は虚勢を張り、絶対に笑わんぞと力んでいます。

「君の言う通りだ。……しかし」

穏やかな口調で若者を説得しました。

「……アングルを変えれば、何事にも背反し矛盾する性質が見出される。考えれば考えるほど解決が難しくなる問題ばかりだ。かと言って、悲観しているばかりではダメだ……。もう少し世の中を楽観的にみて、楽しく生きることも大事だ。心にゆとりを持ち、清く正しく美しく……。何時も笑顔を絶やさないで……」

口から泉の如く迸り出る自分の言葉に酔いしれた。詩や短歌を朗読する口調でした。失意のどん底にあった私が楽観的に生きることを説いたのです。

疑うことを知らない胎児が、潔癖な瞳を白黒させて、私の豹変ぶりに驚いていました。

私は小心で控えめな人間です。でしゃばるな、欲ばるな、人に迷惑をかけるなと母に教えられました。そんな教育を受けていたので、でしゃばるのが嫌いな性格になっていました。それでも、我慢ならなかった。不信と絶望感で無気力に陥った憐れな若者を救ってやりたい一心でした。しかし、そんな私の努力も無駄でした。

「何が出来るんですか？　あなたは何にも分かっちゃいない！」

冷たい視線で私を見据え、噛み付く様に言った後、視界から消えてしまったのです。

動揺しました。胸の鼓動が高鳴り、不快感が私の心をチクチク刺しました。そんな苦渋に耐えかね、腹の底からワーッと大声で叫んでいました。


「……忙しい。忙しい」

「金、カネ、金……」

「稼がなくちゃ。遊んでなんかいられない！」

クラクションや人声等の騒音の中、次々に人が現れては去って行く。慌ただしく去来する人々を興味深げに見ていた胎児が徐に口を開いた。

「たくさん人がいる。みんな楽しそうだ」

悪い面を熟知し懐疑的な私と違い、無知な胎児には見るものすべてが楽しく映るらしい。

「君！　立ち止まっちゃ駄目だよ」

肘で私を押し退けて、何人もが通り過ぎた。

「時間を無駄づかいさせるなよ！」

罵声を浴びせる者もいる。

「時は金なり！　人生には一秒だって無駄な時間はないんだ。しっかり働きたまえ」

「時間の大切さはそれを浪費した者だけが知っている。……人生は一度限りだよ」

老人が優しい口調で教えてくれた。

歩行者がたくさんいる。後ろから来た人が前の人を追い越した。すると、追い越された人が、追い越した人を再び足早に追い越す……。都会ではこんな競争が繰り返される。だから、おのずと彼らの動きが速くなった。

傍観すると実に滑稽だ。彼らの日々は生存競争に明け暮れている。

「楽しそうに見えるのは、外見だけだ。現実は艱難辛苦……」

またしても、ペシミズムが頭をもたげ、オプティミズムをやり込めようとした。

「……都会の魅力は物質の魅力だ。物質文明はものに頼る人間を生み出した。その魅力と恩恵に依存してしまうと、抜け出すことは大変難しい。……都会に住み慣れるとなにかしら気楽になる。干渉されず自分と同じ悩みを持った仲間がいることで安心する。恵まれた人が多く目につく反面、恵まれない人々を見つけることも容易だ。……対象にする相手によって劣等感を味わったり優越感を味わったり……」

立ち止まって話してはいられない。後から後から湧くように現われる人々に背中を押され、わき腹を突かれた。自分の思惑と裏腹に人が流れる方向に押し出された。

「みんな何処から来て何処へ行くのか分からないけど……。歩く様子はゼンマイ仕掛けのお人形を見ているようで楽しいね？」

言われてみれば尤もだ。私は呆れて笑い声を上げた。胎児も笑いながら、ユーモラスな人の動きを見ている。

「本当におもしろいね……。あんなに急いでみんな何処へ行くの？」

笑いをこらえた胎児が質問した。

「スピードをモットーとする文明人は、皆と同じことをしていないと時代に取り残されそうで不安なのだ。立ち止まることさえ時間のむだ遣いの様な気になる。……競争と比較に煽られた人生、限りなく多くのことをやり、他人より少しでも多くを得ないでは済まされない。……必要なだけあっても、これで十分だとは絶対に思わない……。限られた寿命ならもう少し余裕のある生活をしたい……」

「ゆとりのある生活がしたいの？　すればいいじゃない？」

胎児が言って、例の調子で小首を傾げた。

理想の生活と現実の生活との間にどれほどのギャップと困難があるかまだ分かっていない。自分の人生にも艱難辛酸が待ち構えていることを胎児は知らない。

「そのうち分かるさ！」

口にこそ出さなかったが、そんな思いを胸に秘めて黙々と歩いた。

騒音と人混みから逃れ、広場で手足を伸ばして寝転んだ。自然と静寂の中にいると心が和んだ。

「疲れた！　たくさん見たので頭の中がゴチャゴチャ……。どうして、あんなに騒々しくて汚いところに平気で住んでいるの？　ここは静かで気持ちがいいね？」

「都会人には騒音も空気の汚れも、人の噂ほど気にならない。……うっとうしい生活を逃れて公園に来ても、数時間もすると刺激のない静けさに退屈して、騒音と人混みに帰って行く。生存競争……、実際はそれを意識していない人もいるが……。彼らは競争を活力源にして生きているから、競争も責任感もない所にいると貴重な時間を浪費している気分になる。命令や指示がないと何をすべきか判断出来ない人がいる。命令と指示により責任を与えないと何もできない、組織社会が生んだ奇形児……」

大学最後の夏休みだった。空しく過ぎた三年間を顧み、何か記憶にとどめることをやりたい欲望に駆られた。

思いついた事は、何もせず何も考えず、ただひたすら仙人のような日を送る事であった。金もかからず至極簡単な事に思えた。しかし、実際はそうではなかった。

「何もしないというのは、どんな事だ？」

そんな疑問が最初に起こった。

何もしないという事は、本を読んでも手紙を書いてもいけないのだ。無為無策の状態を維持すること、すなわち、禅で言う無我の境地に他ならない。

「空想も思索もいけないのか？」

この疑問に即答出来なかった。

願望としては、それらの事も一切含むものとして行動を開始した。狭い部屋で読書も思索もするなと命令されれば苦痛だが、自然に同化出来れば難しい事とは思えなかった。

自然が豊富な公園が近くにあった。その環境が気に入って引っ越したのである。そこなら何も考えずに時間を費やすことが出来ると考えた。環境としては申し分ない。

自由を満喫できるはずであった。散歩している人達を眺めて過ごすことも、鳥や犬を眺めて過ごすことも出来る。

適当な木陰を捜して腰を下ろし、樹木を眺めたり、空を仰ぎ見たりした。間が持てなくなったら、散歩する人々を眺めた。

自分の発想に結構満足していた。若かった私の心意気も凄かった。何がなんでも初志貫徹してやろうと考えた。

「無為無策、何もしてはならない！」

何度も自分自身に命令した。

一時間経過した頃から、急に時間の経つのが遅く感じられた。悠々と流れる時間の遅鈍さに苛立った。何もしないでいることに耐え難き苦痛を味うことになった。初日の出来事である。

翌日も公園に出掛けた。前日の失敗から、一冊の本を携えていた。一時間ほど何もせずに過ごし、退屈したら本を読んだ。本に疲れたら頭を空白にして前方を眺めた。飽きずにそれを繰り返した。小説は短編集を選んだ。

しかし、内容がまったく記憶に残らない。集中出来ない頭脳が文字だけを目で追った。何もしないぞ！　と決心していたから本の内容を理解することなんかどうでも良かったはずが、なにかしら不満が残った。本を読むだけで、何もしない日を一週間も続けていると、それまで見えなかったものが見えるようになった。

毎日見掛ける老人達がいる事に気付いた。私が一大決心をする以前からそんな生活を続けていた人々だった。一年以上、あるいは何十年間も続いている習慣かもしれない。師範を得た私は、何もしないことが苦痛ではなくなっていた。芒然と老人達を眺め、時折、本を開く。ストーリーは頭に入らなかったが不満はなかった。

初志貫徹、二週間目に至ってようやく、何もしない自分に平然としていられた。

「悟りの境地を開いたぞ！」

と自己満足の絶頂に浸った。

「今までの自分とは違う！」

豪語して、ニーチェの如く俗世間を笑い飛ばしてやりたい気分だった。

しかし、現実は厳しかった。夏休みが終わると同時に本来の学生生活に戻った。何時しか、高慢さも自信も私から離れていた。

決められた時間に目を覚まし、決められた本を持って学校に出掛けた。その結果、私は何を学んだか今だに答が出ていない。

一日で読破出来る教科書を一年掛りで教える教授の退屈な講義に耳を傾け、夜を徹して友人と将来の夢を語った。

卒業と同時に社会人となり、企業に就職した。入社した日に社長が訓示した。

「時は金なり！　会社には一秒だって無駄な時間はないのです。しっかり稼いでくれたまえ諸君！」

生産的な人間は、片時も生産活動を停止できない。彼らの欲望には限界がないから、いくら生産しても満足感が得られない。欲望の赴くままロボットの如く生産活動を続けるのみだ。

「働き過ぎだよ！」

上司に忠告すると、彼らは反論した。

「なまけ者め！　屁理屈を言わずに働け！」

その言葉を聞いた私は、自分流に生きるために辞表を提出した。


ベンチに腰を下ろし楽しく語り合う恋人達は、時間も超越しているかのようだ。子供の成長に目を細め、未来を語る子供連れの若夫婦。純粋に真理を追究し、本を読み耽る学生。青春時代を追憶する老人……。

「ここではみんな平等だね？」

陽気な胎児があどけない笑顔を見せた。

「平等だって？　この世に平等なんてあるものか……。彼らが身に着けているものや持っているものを見て御覧。一見して金持ちか貧乏人か分かるじゃないか」

こんな話題になると、決まって神経質になり声が上擦る。神経をピリピリさせて反論した。反論というより攻撃だった。

「どうして？」

笑いながら言った胎児を見た時、またしても失言を悔いる結果になった。

誰にでも歴然と判別できる価値観も胎児には分からない。顔がジーンと熱くなるのを感じた。軽率だった。私はその人の内面の美しさや立派さよりも、衣服や持ち物の高価さに心を奪われた。そんな大人としての固定観念が、またまた失態をさらけ出した。

長考の末、口にする言葉にも後悔が付き纏っている。価値判断を持ち合わせていない胎児に、心に潜んでいるコンプレックスを露呈してしまった。何という醜態、何と大人気ない愚かな行為だろう。

絶えず価値判断するようにプログラムされている意志。物を見ると同時に計算機が自動的に作動して、価格をはじき出してしまう。なんと鼻もちならない習慣だろう。私も社会通念にマインドコントロールされている一人だ。怠惰で優柔不断な私にもう一人の自分が命令する。

「時は金なり！　人生には一秒だって無駄な時間はないんだ。しっかり生きたまえ」

「……ここではみんな平等だね？」

胎児が陽気に言って、あどけない笑顔で私を見ました。

胎児に価値判断や不平等を力説するのは愚かなことと分かっていても、教えてやろうと思う気持ちがあって、説明しないではいられなかった。

「平等なんてあり得ない。比較の象徴である価格の衣を脱いで裸になっても平等ではない。太った人と痩せた人、背の高い人と小さい人、病的に痩せた人と筋骨たくましい人……。限りない比較が行われ、不平等が表に出る……。見方を変えれば、不平等が絶対に駄目だと言うことでもない。何故なら、人間は象徴を必要とします。天皇を崇め奉る国民がいる。一人の政治家を完璧な指導者と信じて服従する国民がいる。スーパースターに群がる若者がいる。テレビや映画によって、国民的シンボルになる人もいる。スポーツに長じた人が英雄として扱われることがある。マスメディアの発達によって世界共通のヒーローも生まれている」

「……」

「価値判断の他にも固定観念、悟性認識、道徳観、基礎概念、コモンセンス、社会通念等々が我々をコントロールし、支配している。……口から出る言葉さえすでに言い尽くされ、考え尽くされた借り物。本から選び出された金科玉条、読んだり見たりしたニュースを伝達しているに過ぎない」

完全無欠、オールマイティな人間の様に、疑問質問に答えている自分が恥ずかしくなった。解説する事も苦痛になり、もう止そうと思った。

「……あの二人はとても幸せそうじゃない？　あなたが言ったような矛盾に満ちた人生を意識していないみたいですよ」

胎児は好奇心いっぱいの瞳を輝かせて二人の若者を見ている。悟った様な戯言を言わないでおこうと決心した直後なのに、説明しないではいられない。私は人間愛について語らないではいられなかった。

躊躇した後、固く閉ざした口を使命感が無理矢理こじ開けた。

「二人はとても幸せそうだ。人は誰かを愛している。愛する人がいるから辛苦に耐えることが出来る。人間は一人では生きられない。……愛のない人生なんて考えられない。すべてのエネルギーを恋に投じ、その愛に陶酔出来たら、どんなに素晴らしい事だろう……」

私は愛について熱く語った。

「あの二人がお互いに愛することが出来るなら、他の人達も同じ様に愛することが出来るんじゃないの？」

新たな疑問を投げかけられた。

愛、ラブ、恋、ロマンス……。何と甘美で心地よく心に響く言葉だろう。それは長い間心の奥に閉じ込めていたもの、久しく口にしなかった言葉だった。私は興奮して愛を語った。

「愛することは難しくない。しかし、愛し続けることは簡単なことではない。……環境や人との関わりがそれを破壊することがある。精神的には全て可能に思えるが、妬みや競争心が加わったらお仕舞いだ。……すべての人が愛しあい、助け合う時代が来ると信じたい。それは困難なことだと思いながらも個人の自由と社会的自由がアプローチして、皆が幸福になれる日が来ると信じている。……信じること、愛すること、そして嫌なことは早く忘れてしまうことを私は処世訓としている。何故なら、人生は現実において最も汚く苦渋に満ちているが、過去と未来は燦然と輝いている……」

「誰かを愛していますか？　……誰かがあなたを愛していますか？」

胎児が遠慮がちに言葉を挟んだ。

「勿論だとも、僕は家族を愛している。友人達を愛している。……愛の無い人生なんて無意味だ。……感情の激しい青春時代、僕には狂おしい程に愛した女がいた。……瞼を閉じれば、楽しかった日々が甦ってくる。彼女は人を愛することの素晴らしさを教えてくれた。……別れた直後、また会いたくなった。一時たりとも彼女なしではいられないのです。……体内の血が彼女を求めて沸き上がるのです。眠る前も目を覚まして最初に考えるのも彼女のことです。……夢の中でも二人で話しました。彼女の前では何時も子供の様に無邪気で無力でした。彼女の前では完璧な人間であろうと努力しましたが、意識すればするほど神経質で不完全でした。……時々、呼吸ができないほど苦しく感じたこともあります。それも相手に良く思われたいと思う気持ちの現れでした……」

目を閉じると、青春の日々が脳裏に甦ります。ぐっと堪える瞼を押し開けると、思い出が詰まった歓喜の粒がポロポロと零れ落ちました。

二人で過ごした日々が懐かしく思い出された。美しく輝く青春の日々、それは遥か彼方に過ぎ去った思い出に過ぎなかった。

そんな日々があったとは信じられないほど、遠い日の出来事に思われた。青春の思い出はほのかな陶酔に空虚感が伴っていた。

人の気配に目を開けると、青春時代に愛した女が立っていた。女は緑なす黒髪を背中まで垂らしている。手を差し伸べると、スルリと身を翻して走り去った。軽快に走り、立ち止まっては私を振り向き、熱い眼差しで見詰める。そして、少女のあどけなさで微笑んで頷いた。必死に女の後を追ったが、どんなに追いかけても捕らえることは出来なかった。それは青春時代の幻想で、捕まえることは不可能だった。

言い争った事もなく、誰からも羨まれる仲むつまじい間柄だった。

「私はミュージカルを観に行きたい」

ある日、女が言った。

「僕はアクション映画を見たい」

私も正直に自分の思いを言った。そんな他愛ない意見の食い違いから、予期せぬ気まずい関係になった。お互い意地を通して話さない日が何日も続いた。話し相手としてなくてはならぬ存在だったはずなのに、無言のまま何日も背を向けて過ごした。愛情や友情と一緒に楽しい日々の思い出が、意図も簡単に壊され焼き捨てられた。意見の違いに誤解が手助けして、二人の間に大きな不信が生まれた。人間間のトラブルは悪意や悪だくみよりも誤解や怠惰によって生じることがどれほど多いか……。

二人を取り巻く環境はそれまでとまったく同じ。差し伸べれば手の届くところに女がいるのに意地を張り、私は両手をポケットに突っ込んで女が謝罪するのを待った。頑な態度に無性に腹が立って無言で通した。女も同じ理由で怒っていて口をきかなかった。

「……どうした？」

堪り兼ねた私が訊いた。

「……何でもないわ！」

背を向けたまま、女が吐き捨てるように言った。

「理由があるはずだ！」

精一杯努力して私が尋ねた。優しさを込めたはずの言葉も相手には通じない。

「何でもないって言ったでしょう！」

「……まだ怒っているんだね？」

落胆した私が静かに呟いた。

「……怒っているのは貴方でしょう？」

興奮を抑えていたが、振り向いた女の目は挑戦的だった。

「怒っていないよ！」

苛々した私が怒鳴った。

怒鳴った直後、些細な事に腹を立てたことを後悔した。しかし、それは態度にも言葉にも出せなかった。

「私を嫌いになったんでしょう？」

女は涙に濡れた目を挙げた。

「お前こそ、俺が嫌いになったんだろう？　本当のことを言えよ……」

相手に対する不信感を払拭できないまま、衝動的に言いたいことを言い合った。しかし、本心を越えた憎悪だけが表に出て、相手を罵倒する結果になった。

再び沈黙が始まった。そして、全てが終わった。楽しかった日々が一瞬にして苦い思い出に変わった。楽しかった日々がすべて否定され、消去され残ったものにも黒い覆いがかけられた。

内に秘めた思いや悩みを誰かに打ち明ければ解決出来たかも知れない。しかし、そんな努力も怠った。二人は悩みを抱えたまま、狭くて暗いトンネルに身を潜めて対峙した。各々が自分の犯した失敗に気付いていたが、二度と手を差し出して握手することはなかった。それが人生です。怒りや憎悪は生きる上で大敵です。私は怒ったり憎んだことで多くのものを失った。愛情や思いやりはたくさんの満足と、多くの仲間を増やした。しかし、怒りや憎悪は失うばかりで、得るものが何もなかった。

私は自分の犯した失敗から多くを学んでいる。今も多くの失敗を体験してたくさん学んでいる。

人間として生きるには、愛する人がいて、その人も自分を愛してくれているという自覚とその相手に対する思いやりが必要です。意地を通して愛も相手の意志も嘲笑した私は孤独に苛まれた。女が私のもとを去った時、初めて心の糧を失ったことを実感しました。

「信じられない！」

数え切れない年月が経っているのに、女は変わらぬ美しさで微笑みかけている。年月と思い出の衣装で着飾った女は、その美しさを増していた。

取り戻すことのできない幻影に戦慄し、興奮した私は無言で泣き出していた。思い出を包んだ涙が目から零れ落ちた。胎児は小さな胸を痛め、黙って私を見ていました。

「どうして？　……」

「……僕にもわからない」

流れる涙を素手で拭って苦笑した。

「……時を経るに従って喧嘩するようになった。嫌いになったからではなく、愛していながら喧嘩したのです。……彼女に完璧な女であると共に、僕の欲求のすべてを叶えてくれる女になるように期待した。母親のように献身的に尽くしてくれる事を要求しました。同時に、身も心も独占したいと欲したのです。彼女の気持も極めて僕に近いものでした。……完璧な人間も意志のない人間もいないのです。当初は我が儘や欠点を許すことが出来ました。しかし、月日が経つに従って、自我を抑えることが出来なくなりました」

それだけ喋るのが精一杯でした。

「それが本当ならば、あなたは嘘つきだ！」

胎児はキッと私を睨みつけました。

「あなたは、信じ、許し、そして、忘れると言いました。しかし、あなたは彼女を信じなったばかりか許さなかった。そして、今も彼女を愛し続けている？　そんなの変だよ」

私は狼狽して顔が熱くなり、胎児を見ることが出来なかった。

「……今も愛している？　それは違う。僕が愛し続けているのは過ぎ去った日々だ。記憶の中の思い出だけだ。……過去の日々全てが僕の内でさん然と輝いているが、彼女一人が対象じゃないんだ」

「そんなの変だよ！」

納得ができない、と胎児が私を凝視した。

「……運命だ」

私が頭を垂れてポツリと言った。

「良く分からないけど、それで平気なの？」

苦しんでいる私の気持ちも知らないで、次から次と詰問した。

「運命だ。それは僕の力ではどうにもならない。……恋愛の他にも情熱を燃やすものがたくさんある。ある人は趣味や慈善事業に、ある人はスポーツに情熱を燃やすでしょう。目的を持ち、充実した人生を送っている人がいる。彼らこそ人生の勝利者だ」

返答に困って、苦肉の策で矛先を変えようとしました。大人気ない態度だったかも知れませんが、恋愛についてそれ以上話したくなかった。

余りにも複雑で精神的なものが主役を占めています。そんなことを胎児に教える必要はないと判断したのです。

池に浮かぶ鳥をカウンターで数えている人がいる。おびただしい数の鳥を瞬時に見分けて勘定している。

「どうして数えることが出来るのですか？」

仕事の妨げにならない様に気配りしながら尋ねた。

「私は鳥が大好きです。どの鳥も違った顔をして、キャラクターも違いますから見分けることは簡単です」

私も鳥の数を数えてみた。

「一羽、二羽、三羽……」

三十羽も数えると混乱した。集中力が持続しない。最初から勘定し始めた。

「一羽、二羽、三羽……」

五十羽を数えたところで注意が散漫になり、再び緊張が解けた。

「駄目だ、出来ない！」

捨て鉢になって叫んだ。

「鳥を愛していないから違いが見えないのです。愛情を持って接すれば違いも見えてきますよ。それが出来ない以上、数えることは不可能でしょう。私は鳥に名前をつけています。例えば花子とか太郎とか……」

双眼鏡を目に当てたまま中年の紳士が、白い歯を見せて微笑みました。

「一羽、二羽、三羽……」

数えるうちに鳥が動き始めます。

どうにか一つのグループを数え終えると、別のグループがその中に飛び込んでくる。数えようとする瞬間に飛び立つ不心得者もいる。

「バカヤロー!」

緊張の糸が切れて叫んだ。

双眼鏡の下に白い歯を見せ、中年の紳士が躊躇なくカウンターを押し続けている。

「そんな技術をどこで習得したんですか?」

「好きだから出来るんです」

納得出来ない私にポツリと答えました。彼はボランティアで鳥獣保護運動に参加していた。

著名な思想家が言っているのを読んだことがある。

「……机に向かってしかめっ面で本を読むのが勉強じゃない。ロッキングチェアに座って、煙草でも吸いながら悠々と思索する。……読みたい本を読み、学びたいものを学んだら良い。強制された勉強をしていたんじゃ駄目。それでは自由な発想は期待出来ないし、けっして生まれない。悠々と流れる時間の中で思索を繰り返している時、突発的に生まれ出るインスピレーションがなければ……」

それを立証するのにうってつけの人物を発見した。腕組みしてカンバスに向かい、創作に熱中している画家だ。絵と景色を交互に見ている。風貌も一般の人と違って如何にもユニークで芸術家らしい。

芸術家は、自分のやりたいことや理想とすることを仕事にしているから羨ましい。

小学生の頃、マンガを読むのか大好きで、マンガの主人公を模写し、自画自賛して漫画家になりたいと思った。しかし、両親がマンガ家になりたいと言った私を軽蔑して笑いました。真剣だったのですが、彼らは子供の戯言としてとらえたのです。自信を持って描いた絵を理解してもらえなかった星の王子様の気持ちが良く分かりました。

高校生の時、忘れかけていた絵心が再び芽生え、風景画や静物画を描いた。時間を忘れて没頭した。写生大会で何度も入選して自信を持ち、美術大学に進学したいと思った。そのことを両親に打ち明けると、真っ向から反対された。

「認められるのは一部の人だけだ。著名な画家も死んでから有名になったんだよ」

突拍子もない志望に驚き、将来を心配した父が窘めた。

「将来、どうして家族を養って行くの？」

芸術家になりたい野心を捨てさせ、安定した職業の公務員になることを母が勧めた。

その時、夢を実現させてくれていたら、私の人生は違っていたでしょう。

「……なぜ、あきらめたの？」

胎児が素朴な疑問をぶつけました。

「諦めさせられたんだ」

言葉を荒げて反論した。

パリに旅行した時、知り合った画家から同じことを言われた。

「僕も画家になりたかった」

モンマルトルで画家に言った。

「なれば？　……どうしてならないの？」

無表情に言って、何故やりたいことをやらないのか理解出来ない、と首を左右に振って肩を窄めた。

「なりたかったが……」

何人もの友達に説明した通り、両親が反対するので断念したことを力説した。

「そうなの？　……」

画家は分かってくれたが、それ以上何も言ってくれないので不満が残った。

無意識のうちに、同情や励ましの言葉を期待していた。日本人は私の立場を理解し、やりたいことを我慢して両親の希望に添っている優しさと親孝行を褒めてくれたであろう。しかし、個人主義者達はイエスかノーで物事を判断した。世の中はそれほど単純ではない。イエスとノーの間に限りない迷いがあり、白と黒の間に無限の灰色が存在することが彼らには分からない。

「どうしてあきらめたの？　なれば良かったのに……」

胎児が繰り返し訊いた。

確かに、疑問はよく理解出来る。

「……自信がなかった」

熟慮の末、口から零れ落ちた言葉が本心だった。私には褒め言葉や後押しがなければ決断出来ない弱さがある。絶対の自信を持ち得なかった自分に原因があった。しかし、自分で断念した訳ではないから、後悔と不満が心の片隅に置き去りになっている。

「趣味か生活の為に絵を描いているのか分らないが、描くことの好きな人だ。好きなことが出来る人は羨ましい」

羨望の眼差しで画家を眺めながら言った。

「ちっとも楽しそうじゃないよ。……苦しんでいるみたいだね？」

純朴な胎児には人の本心が分かるようだ。

「彼は独自の世界を形成し、着実に自分の道を歩いている。周囲の事情に目を奪われることなく自分の理想を追っている。……羨ましい限りだ」

「理想を追っているの？　……」

「そうです、夢を追求している」

「実現出来る夢？　それとも出来ない夢？」

胎児が素朴な質問をした。

「出来る夢も出来ない夢もある……」

答えに窮している時、画家が描いている絵を地面に叩き付けた。放り出された絵はとても美しい。

「こんなに美しい絵を捨てるなんて……、景色をカンバスに貼り付けた様に描かれているではありませんか？」

絵と景色を交互に見て、思わず呟いた。

「美しい？　愚弄するな！　こんな下手な絵を描いたことはない。……魂が入った絵と金儲けに描いたものを識別出来るのか？」

画家は赤くなって怒り、絵をひったくり地面に叩き付けた。

「模写だ！　模倣にすぎん」

タバコを神経質にプカプカ吹かして叫んだ。

「真実が見えてこない……」

納得できない私は絵を点検した。欠点のカケラも発見出来ないばかりか、見れば見るほど立派さが目立った。

「……風景と同じ絵が欲しければカメラマンに頼むんだな。模写するなら少しの才能があれば十分だ。生きる糧として芸術をやるなら模倣も許される……。本当の芸術とは何か？　を知っている人は少ない。……安易な気持ちで芸術家になる傾向がある。煽てられ歌手になりたいとマイクを離さない。一枚の写真が褒められてカメラマンになろうとする。鏡の自分を美しいと思って女優を志す少女。作文が上手だと褒められて作家を志す青年と同じだ。……模倣と思いつきを自画自賛して才能と錯覚する。それは自尊心から生まれた錯覚だ。……新しいものや模倣を好む忍耐力の乏しい人達だ。現実の厳しさと、生涯一つのことを貫き通す苦労を知るやたちまち放り出してしまう勇気のない人達だ。……自分の意思を通すことは、組織の一員として上司の命令に服従しているより遥かに辛く苦しいことなんだ。それも、一日や二日じゃない。やり始めたからにはギブアップするか死ぬまで続けなければならない。……おや、驚いているな。しかし、楽しみも満足も計り知れないほど多い。努力している過程で、限りない満足感が与えられることも事実だ。追求する道程における空想と想像力がバイタリティを生み、創作意欲が生きるエネルギーと喜びを惜しみなく与えてくれる。……芸術も勉強も末広がりで到達点がない。自己満足と妥協はあるが完璧はない。完成した自分の絵を見る度々、配色と構図に不満が生じ、根本的に手直ししたくなる……。そんなものです……」

パイプから立ち上る煙を眺め、画家は自分に言い聞かせる様に話した。その顔には私に欠けている自信が輝いていた。

一つのことに真剣に取り組んでいる人や貧困に耐えながら善行を施す立派な人に出会ったり、逆境を乗り越えて成功した努力家の話を聞いたら、

「俺もやるぞ！」

と勇気が湧いてくる。

習慣と惰性で生きている自分を恥じ、決断出来ない不満から脱皮し、何かやってみようとする希望が湧くと同時に自問してしまう。

「何の為に生きているか？　何を成したか？　何をしなければならないのか？」

サヨウナラも言わないで画家と別れた。

私は情けないほど不完全な自分を背負ってトボトボ歩いた。声を掛けられるまで、胎児の存在を忘れてしまうほど心の迷いと葛藤があった。

迷いやすい我々の精神を興味あるものや好きなもので束縛し、没頭させておかないと想像

と錯覚という誘惑に負けて道に迷ってしまう。

前方に明りが見えた。卑しい身なりの男がたき火を囲んで酒を酌み交わしている。風貌は見すぼらしいが、底抜けに陽気だ。まるで文明社会から取り残された人々のようだ。偽善か本心か、彼らは陽気でとても幸せそうに見える。

近づいて来る私を見た一人が、一升瓶を高々と掲げて叫んだ。

「地位も名誉も捨て、真の自由を渇望する同志がやって来た。彼の勇気と未来に乾杯！　フリーダムに乾杯！」

腐った魚の目をした男が私に耳打ちした。回りに誰もいないのに、重大な秘密を漏らさぬよう小声で呟いた。

「……あそこに若い男がいるだろう？　此処に来たのは二日前だが、俺の想像では四日間は何も食っていない勘定だ。……飢えて死ぬか、それともプライドを捨てて残飯を口にするかどうかの瀬戸際にいる。難しい言葉で表現すれば、死と立命の境地に立っているって訳だ。……プライドと共に討ち死にするか？　生きる為に名誉とプライドを捨てるか？　その分岐点に立って苦悩している。これは見物だ……」

男は乳白色の目に笑みを浮かべた。

「絶対に嫌だ！　残飯を食うなんて出来ない。そんな事をするくらいなら餓え死にした方がましだ」

男が腹の底から絞り出すように言うのが聞こえた。

「食べるな！　食べないでくれ！」

私は心で祈りながら叫んでいた。

魚目の男が薄笑いを浮かべた。

「お前は恵まれている。……何も知らないお坊ちゃまだ。飯の時間が遅れたと言っては不平を言い、料理が不味いと言っては怒鳴り散らす。何だかんだと駄々を捏ねるんだろ？　飢えるってことはどんな事か知らないんだ。……何とも有り難い境遇じゃないか。それが親の財産だとすりゃ完璧さ……先祖の財産を譲り受ければ一生飢える事はないと自惚れていたんだろう？　今のような境遇でも、俺達と比べたらまだまだ恵まれている。……それが分からないのが最大の不幸だ。必要のない事を知った不幸もあるが、知るべきことを知らないでいる不幸もあるんだぜ」

全身が震える不安に襲われた。

軽蔑している男に教えられる事もあったからです。見たくない現実、知りたくない事実を前に狼狽しました。私の態度に胎児が首を傾げた。頼りにならない弱い人間に見えたのでしょう。そうです、私もか弱いストレイシープの一人なのです。

「絶対に食べたくない！　……そこまで落ちぶれたくはない！」

動揺を隠し切れない男が言いました。

興奮の余りポロポロと涙が落ちるのが分かりました。

「見ろ！　ハムレットを……、ストレイシープを……、男は己と闘っている。食うべきか食わないべきか迷っている。しがみ付いているプライドや尊厳とやらが、まさに崩れ落ちんとしている。……皆がその瞬間を楽しみに待っている。祖先が長い歴史で培ったプライドや世間体、謙虚さや奥ゆかしさ……。人間としての尊厳が破壊されそうだ……。ガラスのように脆い戒や偽善から解放される瞬間だ。それはまた真の自由と平穏を勝ち取る瞬間でもある」

固唾を呑んで哀れな男を見守った。

「食べるな！　プライドを守り抜け！」

必死の大声で私は叫んでいた。

何を考えているか想像出来ませんが、胎児は冷静にその瞬間を見守っていました。

願望を打ち壊し、男はプライドも意地も捨てて残飯に手を伸ばした。手がブルブル震えているのが遠目にもはっきり分かりました。その手が残飯を掴んで口に頬張るまで、

「やめろ！　意地とプライドの為に死ね！」

私は祈りながら口走っていました。

そんな願いも届きませんでした。男は手掴みでガツガツ食べた。飢えた野獣が獲物にありついた時のように貪りついたのです。落胆した私は屈み込んで、汚れた現実から目を背けました。

「プライドを捨てろ！　本性を現わせ！」

見物人が勝ち誇って歓声を上げました。

どんな気持ちだったのでしょう？　胎児は同情してその男を見ていました。

「どんなにごまかしても、本能まで抑えることは出来ない。これぞ個人の勝利、悟りを開いた人間の姿だ。……お前達の悩みは狭義で他愛もないものだ。俺達からすれば子供がおねしょをして布団を漏らした程度。幸に気づかず、自分で考えた悩みに悩んでいるに過ぎない。……腹が減ったら冷蔵庫を開ければいい。無ければ買ってくればいい。けっして死活問題にはならない……」

勝ち誇った男が喋り続けた。

反論する気も起きず、煙草のヤニで汚れた虫歯と口臭ばかりが気になった。

汚れたワイシャツ、変色したネクタイにボロボロのスーツを着たビール腹の男が立ち上がった。

「名誉が何だ！　地位が何だ！　俺は自由だ、世の中は俺様を中心に回っている。小説ならば主人公。演劇ならばハムレット……。そうでなくては生きている意味がない」

「……地位？　名誉？　聞いたようなことを言うな。自由には違いないが、生まれた時から物乞いのくせに……」

枯れ木の様に痩せた老人が、首を横に振りつつブツブツ呟いた。

「自由とか名誉とか難しいことは言うな。そんな議論は聞き飽きた。……永い間、愛とか平和とか平等とか言って討論を繰り返してきたが、何一つ実行しなかったばかりか、失敗に終わった。その上、屁理屈をこねて自己弁護するだけで、失敗から学ぶ努力も怠った。……未だに愛とは何かを知らず。平和の尊さも知らないで、愛と平和を合言葉に戦争と殺戮を繰り返している。ちっぽけな自尊心やプライドの為に……。プライドや自尊心や名誉は今だかって空腹を満たしてくれたことがない。……空腹を満たすのは一片のパン、一握りの飯だ。愛は陶酔、形のない虚像、自尊心や名誉はガラスの器……。俺を幸福にしてくれるのは一杯の酒だけだ。酒をくれ！　酒なくて、何んでこの世が楽しかろ……」

労働者風の男が一升瓶を受け取り、ゴクゴクと喉を鳴らし、美味しそうに酒を飲んだ。

一番若いと思われる青年が私の傍に寄って来た。赤いスカーフを首に巻き、指にはイミテーションの指輪が幾つも輝いている。

「恵んでくれよ」

伊達男が愛想笑いを浮かべて懇願した。

「少しでいい。ステーキを食べる時に飲むワインを我慢した程度の小銭で結構だ。食事の後のコーヒー代で十分だ」

「新人と見れば必ず物乞いをする。自尊心ってものが無いのか？　落ちぶれてもあんな風にはなりたくない。……昔は良かった」

三つ揃いを着た男が、燃え盛る火を眺めながら言った。矛盾している言葉と思想に納得できないまま耳を傾けていると、魚目の老人が無言で頷いた。

「近頃の若者は恥も外聞もありゃしない。礼儀ってものを知らな過ぎる。すぐ本性をさらけ出す。実に嘆かわしい。俺達が若い頃は信念を持って生きていた。それに引き換え今の若い者ときたら……。昔は本当に良かった」

苦笑した後、昔は良かったと老人がブツクサ独り言を呟いた。

「昔は良かった？　……また、いつもの決まり文句が始まった」

伊達男がふて腐れて、プイと顔を背けた。

笑顔で体面を整えていたものの、

「君達と一緒にしないでくれ！」

私は憤慨していた。

恵んでくれ、と頼む若者の言葉が失いかけた自尊心を取り戻してくれた。

サイフから一枚の紙幣を若者に与えた。数十枚の紙幣があったが、一枚で十分だと思った。働きもしないで生きている連中だ。多くを与える必要はなかった。さりとて、無視することも出来なかった。名誉を回復する為に一枚の紙幣を出した。効果はあった。差し出した紙幣を見ると、若者は知っている限りの美辞麗句を並べたてて私を褒めた。悪い気はしなかった。

若者が紙幣を受け取ろうとした瞬間、スーツの男がそれを横取りして胸の奥に仕舞い込もうとした。それまで無言だった老人が、その紙幣を横取りして地面に叩き付けた。

「無償で与えられるものには価値がない……。全部か無一文。施しは受けるな！」

優越感に浸る暇はなかった。

ショックを受け、唖然として老人の乳白色の瞳を見た。明らかに侮辱の笑いを見た。私は覚悟を決めてサイフごと投げ捨て、挑戦の眼差しで老人を睨んだ。彼は歯が抜けた口を開け、臭い息を吐き出して豪快に笑い、拾ったサイフを火中に投げ入れた。優越感も全財産も一瞬の内に炎となって宙を舞った。不愉快で重々しい空気が辺りに飛散した。

私を無視していた労働者風の男が、焼いた串刺しの肉片を差し出した。言葉は乱暴だが態度に優しさを感じた。

「……優しさ？　そうなんです。この男達の欠点は優しさでした。……彼らの表情にも態度にも優しさと思いやりがあふれています。人を蹴落として生る激しさがみえません。明らかに人生を勝ち抜く為に必要な闘争心と冷淡さが欠如しているのです。……戦う以前に、自分から身を引く優しい男達です。相手を思い遣る気持ちが溢れた人達です。生まれながらにして戦いを嫌う心優しい人達です。……生存競争から逃避することによって戦いを避け、初めて自由を味わった人々です。勝利を喜ぶよりも相手を傷つけることを嫌う、小心で心優しい人達でした。……連帯保証人を頼まれ、断りきれずに負債を背負った人やちょっとした愛情や友情の縺れに、自ら身を引いた友人思いの人達だった。優しさ故に社会から弾き出されたか、自ら進んで逃避した人達だった。しかし、人間は一人では生きられないことを熟知した人達でもあった。……ものは考えようです。彼らは社会の敗北者だが、人生における勝利者かも知れない……」

貧しいが陽気な人達に取り巻かれ、取り留めのないことを考えた。

私達が持つ落伍者の印象や見解と異なり、彼らはしっかりとしたセオリーを持って生きていた。

「地位も名誉も金も愛する人もいない。……所有物が多くなればなるほど更に欲しくなる。

そして、得たものを失うまいと戦々恐々としなければならない。財産は少なければ少ないほど希少価値があり、貯まれば貯まるほど価値が減少する原理を知る金持ちは少ない。……俺達は一年中おなじものを着ていて平気だから服を選ぶ苦労がない。これ以上持ち合わせがないから寒さに震えることもない。……その点、金持ちはどうだ。毎日着替えてもあり余る衣装を持っているのに、今日着るものが無いと悩んでいる。何時も新しいものを欲しがる。……着る物が幾らでもあるから、何枚重ね着しても、心の中を吹き抜ける不満の北風を防ぐことが出来ない。食い物も同じだ。飽食に慣れた彼らには、飢えた者が味わう味覚は決して分からない」

子供の頃、母は何時でも私の身近に存在していた。家にいない時は庭で草むしりをしているか、畑で野菜の世話をしていたので、簡単に見付けることが出来た。

どの農家にも犬や猫がいて放し飼いにしてあった。その他、鶏や山羊や牛馬までが家族の一員のように敷地内に同居していた。農家の人達は自然と動物と一体になり、その恩恵を受けて生活していたので、日照りの夏は涙を流して雨乞いし、寒さの冬は窓ガラスに頬をくっつけて吹雪の通り過ぎるのを祈った。毎朝起きると天を仰ぎ、その日の天候を確かめた。大地は雨も日照りも風も雪さえも必要としている。人々も自然の恩恵を受けて農業を営んでいた。

中学生の時も高校生の時も農繁期になると、決まって農業を手伝わされた。母が刈り取った稲を集めて一つの大きな束にして肩に担いで農道まで運び出した。稲が暖かくて、首筋に当たった稲穂がチクチクむず痒い。その稲をリヤカーに満載して運び、はぞに干して乾かした。はぞの高いものは七、八段あって、下から手の届かない所は梯子に乗って掛ける。母が梯子に跨がり、私が一束一束放り投げた。母は受け取った稲の束を素早く二つに分けてはぞに吊した。

すべての稲を吊し終えるころは真っ暗で、三メートル離れた母の顔が見えなかった。父は仕事に忙しくて滅多に農業を手伝わなかった。私が母の手伝いをした。遊びたいのを我慢して仕方なく手伝った、と言った方が正直な表現に違いない。

その頃の農業は人力に頼っていたことから、農繁期には子供も借り出された。その為、農家では家事を手伝う子供が良い子と褒め称えられた。嫌な子もそれらの良い子と比較されて否応なしに手伝った。農家の子は勉強の出来不出来を比較されず、家事を手伝う子と手伝わない子が比較され、善悪の区別がつけられた。

私がガムシャラに働いた時は、他の良い子と比較され、母に愚痴られた時と決まっていた。

遊びたいのを我慢してカリカリしながら働いたのを鮮明に思い出す。稲の束を母の顔に向けて投げつけたい衝動に駆られた事が、一度も無かったとは断言できない。

体罰もあった。母は仕付けにとても厳しい人で、私が反抗したり言うことを聞かなかったら、土蔵の中に放り込んで施錠し、何時間も放っておかれた。そこは暗くて恐ろしい場所であった。青大将と呼ばれる六尺以上もある蛇がいたからである。青大将は鼠を食べるので、鼠のいる米蔵や屋根裏などは恰好の棲家だった。

母も青大将を嫌っていたが、大切な米を食べる鼠を退治してくれる為か恐がっている様子はなかった。土蔵の中に監禁されていると青大将がそばに潜んでいるようで怖かった。

天日で乾かした稲を納屋に運び込んで天井高く積み上げ、その日の内に脱穀した。農機具は共同で購入していたから、使用する日が重なり、日によって深夜から朝までの徹夜作業になる事があった。数千もの稲を一束一束脱穀すると同時に、脱穀を終えた米と籾と藁の始末もしなければならない。目が回るほどの重労働である。日曜日もろくに遊べなかったが、誰もが同じ境遇にあったので苦しいとも不幸だとも思わなかった。

四十年以上も経っているのに、母の面影とその時の情景が当時の辛酸を伴わない、心地よい思い出となって脳裏に甦った。

徹夜仕事の合間に食べた、塩だけで握ったおにぎりと漬物の美味しさは忘れられない。飽食の時代と呼ばれる今日、如何なる高級レストランに入っても、あの味を注文する事は出来ない。一年に何度かお駄賃代わりにマンガ本やお菓子を買ってもらった時の感激も忘れられない。

古今東西、人間は同じような喜怒哀楽を繰り返して生きている。よく似た境遇にあっても、自分は恵まれていると考える幸せな人と、そうでないと考える不幸な人がいる。人の価値判断と満足度は千差万別だ。

嫌な経験も楽しい体験も知識となって次から次と記憶の中に蓄積されて行く。そんな日常を繰り返しながら我々は生きている……。

自然のない大都会は対象とする生き物は人間だけ、機械と物がすべてに優先する社会。人間だけを対象として生きる都会では、動物に対する愛情も自然の恩恵に感謝する気持ちも欠如してしまっている。狭い生活範囲の中での比較と競走が繰り返されている。

最早、自然の偉大さに感動する人もなく。空を見上げて天候を予想する者もいない。彼らは豊かな恵をもたらす雨も光も風も必要としなくなった。

日進月歩する科学の発達に後押しされる文明に依存し、長年かかって培われた伝統や文化がなおざりになっている。

私も空腹だった。若者が差し出した肉片をガツガツ食った。肉汁が滴り、新鮮な素材が肉のうま味を出している。

「こんなに美味しいものを食べるのは久し振りだ」

「そうだろう、もっと食わせてやる」

褒め言葉に気を良くした若い男が籠に手を入れ、一匹の蛇を掴み出した。中を覗くと数匹の蛇がとぐろを巻いている。腕に絡み付く蛇を無理やり引き離し、尾を掴んでブルンブルン振り回し、地面に叩き付けた。

ぐったりした蛇の上顎と下顎を持って引き裂くと、奇麗に皮が剥ぎ取られて長い白身が剥き出しになった。皮を剥ぎ取られた白身が手に纏わり付く。断末魔の悲鳴を上げながら動く白身を輪切りにして串刺しにした。

見ない様に努めたが、見ることを拒絶しても好奇心がその方向に動いた。胸がむかつき吐きそうになった。

「嫌な顔をするな……。ごまかすことに馴れていて、真実を見るのが怖いんだな？　加工食品を見慣れているので全体が見えないんだろ？　血の滴る現物を見るのが怖いんだ？　……殺生するのを見たことがないのか？　君達の生活は全て偽善だ。第三者により計画的に作り出された生活を甘受しているに過ぎない。それを信じて受け入れているから哀れだ。……原形を止めるものは何もない。全てが加工された模造品ばかりじゃないか……。流動食をチューブからススルだけで一日のカロリーを摂取する日が来るに違いない。そんなことになれば味覚も感覚も失って人間は退化するだろう。……ゼリー状の食料を食べ続ければ歯も必要なくなり、大気汚染がすすめば化学薬品の発する臭気で嗅覚がマヒしてしまう……。新鮮な空気が欲しいと、自然を求めて彷徨う日が来るだろう。……原形を見たくないのは、生き物を殺戮することに対する優しさと後ろめたさの現れだ。自然を遊び場所としなくなった子供達は、魚や虫を素手で掴む感触を知らない。絵本や写真や標本でしかその姿を見られなくなったからだ。……子供達は水族館で観る魚と同じ魚が刺身になって食卓に上ると知って仰天するに違いない。草原で草を食んでいる牛がステーキになると知ったら、肉を食べられなくなるだろう……。真実に目を向けろ。原形を直視しろ。弱肉強食の世界と生存競争の無情さを知り、自然の摂理を学べ……」

勇気のいることであったが、自分の食べた物が何だったのか知りたくなった。

「僕が食べたものはなんですか？　とても美味しかったよ」

どうにか笑顔を作って対面を整えていたが、言葉の後から疑惑が固まりとなって胃を飛び出し、喉にせり出ていた。

若者は籠の中から一匹の鼠を取り出した。私が驚くのを見て満足げな笑みを浮かべ、他の者もクスクス笑った。

座っていることに耐えられなくなった。誰にも悟られない様に立ち去ろうとした。

「何処へ行くんだ？」

若者が毒々しく訊いた。

「家に帰る！　家族が帰りを待っている」

弱気に答えると、老人はそうかそうかと呟いて寂しい顔をして言った。

「お前もヤドカリか？」

若者が軽蔑して睨んだ。

「……ヤドカリ？」

「そうだヤドカリだ。何故なら、お前達は家を背負って生きている。隠れ簑としての家に執着している。……錠を降ろした家の中から世間を眺めるばかりで、外に出て中の自分を見ようとしない。外から見れば錠の降りた檻だってことに気がつかないでいる。……自ら檻に閉じ籠もっているのを忘れて、外に自由を求めてもがいている。錠を管理しているのが自分だってことさえ忘れている。何人かはそれに気付き、自由を求めて外に出るが、出るやいなや世間の広さに怖じけづく……。結局、最も安全な檻の中で自由、じゆう、フリーダムと泣き続ける運命なんだ」

「偉そうに言うな。お前だってヤドカリじゃないか。紙袋一杯の衣装とダンボールの家を持ち歩いている。お前の方がよっぽどヤドカリと呼ぶに相応しい。……駅の片隅でダンボールの寝床に潜り込む姿は、岩影に潜むヤドカリ同然じゃないか？」

「……」

「ヤドカリ？　それも結構。衣食住は確保せんことには生きのびられんからな……」

「家族がないの？　……親や子は？」

「……家族？　祖父は親父に、親父は俺に、俺は息子に自分が果たせなかった夢を託した。……その結果、何を成し、何が継承された？　失望と反抗と断絶を生んだだけだった。親父が祖父の期待を裏切った様に、俺も親父の期待を裏切った。……そんな経験も生かされず、私も息子に夢を託し、息子が俺の期待を裏切った。……子供なんて生きた証しを残したいははかない願望に過ぎない。巨万の富を子供に残してどうなる？　……この身もやがて朽ち果てて塵芥となってしまう。他人も身内もない……。そんな果敢ない希望を抱くより、自分で夢を見よう。自分本位に生きたい。何よりも今日を生き、この一瞬を大切にしよう。……子供や家族に期待するよりも、気の合った仲間の方が安心できる。……そうは思わないか？」

労働者風の男に返す言葉もなく躊躇していると、

「信用出来るのはこれだけさ！」

ビール腹の男が膨らんだ胸をポンポン叩いた後、懐中から現金をわし掴みに取り出した。

それもほんの一部だ。

「……こんなに金を持っているのに、どうしてこんな生活をしているんですか？」

羨望の眼差しで大金を眺めながら尋ねた。

「これが大金だと思うか？　これ位のはした金では満足出来ないよ。金はいくらあっても多過ぎることはない。もう結構とは決して言えない。そんなことを軽々と言うのは貧乏人だけだ」

「……」

「こんな生活を軽蔑しているね？　私は貧しいとも何とも思わないが、こんな生活をしているからこそ金が貯まるんだ。皆と同じ生活をして、同じように使っていたんじゃ金持ちになれる訳がない。そうだろう？　……如何に稼ぎ、如何に浪費しないで蓄める事が出来るか？　金持ちになる秘訣はこの一点にある。……儲ける前に使う算段をしたり、宝くじに当たる前に使い道を夢見る。そんな人にお金は寄り付かない。すぐに何処かに行くと分かっていたら、お金だって寄り付くはずがない。節約を考えないで浪費を夢見る人に金持ちはいない」

「使う喜びや満足感を味わった事がないのですか？」

堪りかねて尋ねた。胎児もそうだそうだ、と頭を縦に振って同意しています。

「使う喜びや満足感？　恐ろしいことを言わんでくれ！」

「……」

私の言っていることが理解してもらえない。

「……使う喜び？　満足感？　それはバブルのようなものだ。それは一瞬の満足にすぎない。束の間の喜びは長続きはしない。……それと比べて、貯める喜びは際限がない。何度勘定しても飽きない。数える毎に増えているのを知って喜びも倍増する。それは嬉しいことだ」

男は現金を一枚一枚声を出して数え始めた。誰もが羨望の眼差しで見ていると思ったが、そうではなかった。羨ましそうに見ているのは私だけで、他の者は目を背けていた。

「また始まったか……。確かに、金も必要だが、金で買えるものには限界がある。いくら金があっても、人間は一人では生きて行けない」

一人の老人が毒々しく呟いた。

「金はないよりあった方がいいと思わない者はないが、あの老婆を見ろ」

指さされた方を見ると、そこには一人の老婆が蹲っていた。

「あの老婆は、今日死ぬか明日死ぬかの状態です。彼女が枕代わりにしているふろしき包みの中には、多額の現金と預金通帳が何冊も入っている。使う時間がいくらも残っていないのに、金儲けだけを生きがいに生きた可愛そうな人間の末路だ。彼女には息子も娘もいるが、その子達には一円も分けてやろうという気がない。愛も思いやりも親としての責任も果たさず、金だけが自分を守ってくれると誤解したことが、不幸の始まりだった。実に気の毒な女だ……」

老婆の身の上を知り、悲しくなった。

「残された人生を優雅に過ごすだけの金を蓄えることが出来たが、失う怖さを考えて浪費することができず。ボロを着たまま死んで行く運命なんだ……。守銭奴の如く生きた女の悲しい末路……」

胎児はお金の価値が分からないので、何を考えていたか分かりません。

こんなことを言うと軽蔑されそうですが、札束の山を見た時、

「一束でもあったら……」

つい考えてしまいました。私はどうしようもない俗物なんです。

我慢できない。現実を直視することが苦しくなった。それまで現実の醜さや汚さに目を背けてきた私は弱い人間です。心の奥に潜んでいる疑問も真実も他人の口から聞くと耐えられない。最初は居心地良かったのに、何時しか醜い現実に圧倒されていた。居たたまれなくなってそこを離れた。

たき火が見えなくなる所に来た時、食べたものを全て吐き出した。胃を空っぽにしても、

皮を剥かれたへびの姿が網膜に焼き付いていた。口中に残った嫌な味とネズミの記憶を消すのは容易なことではなかった。

「……どうしたの？」

沈黙を続けていた胎児が、心配そうに小首を傾けて見上げた。

「奴等は普通じゃない」

「……どうして？」

何も思い出したくはないと耳を閉ざし、私は頭を横に振った。

音がするので辺りを見回すと、男が背を向けて座っていた。人に知られたくないものを隠し持っている様子が窺える。気付かれないのを幸いに、男の挙動を具に監視した。他人の秘密を覗くのは実に興味あることだ。

男は祈っていた。私に気付いた男が慌てて地面から何かを拾い上げて懐中に隠した。小心で臆病そうな男だ。隠したものが高価なものと睨んだ私は、それを見せて欲しいと頼んだ。しかし、男は断固拒否した。拒絶されればされるほど見たくなるのが道理、徐々に好奇心が膨張し続ける。

私はそれを見たい一心で必死に懇願した。執拗な頼みに負け、男は懐中に隠したものを提示した。期待していた高価なものと違って、目にしたのは変哲もない石であった。

私は吹き出すのを堪えてそれを眺めた。どう見ても石ころにしか見えない。

「……これは何だろう？」

砂場での苦い経験から懐疑的になっていた。俗物なものに目が眩み、真価が見いだせないのかも知れないと思って胎児に質問した。

「あれは何に見える？」

「……石でしょう？」

胎児が訳なく言って微笑した。

「……」

「すごいだろう？　……これこそ神の化身。勿体無い、有り難い」

男は石を頭上に掲げて祈る格好をした。その熱心な祈りを見ていると背筋に冷たいものが走った。

見ようによればキリストにも仏像にも似ていなくもないが、異端者の目には胎児の言うように路傍の石にしか見えない。

悩み事や願い事があると、仏壇の前で読経していた母の姿を思い出した。苦しい時になると神仏に頼る母の弱さを軽蔑したこともあった。祈っている母の後ろ姿には緊張感が漂っていて、近寄り難い恐ろしさを感じたことがあった。

「神は死んだ！」

と叫んだ西洋の哲学者がいた。

地球が宇宙の中心である考えが、地動説で覆された。それから数百年の間に科学が発達し、同時に宇宙工学も画期的な進歩を遂げた。人類が月に着陸して以来。宇宙理論も発表され、専門家の支持を得ている現代。神の存在を吹聴する人は激減している。

「想像できる宇宙の広大さに比べて、地球は如何にも小さい。そこに棲息する一個人に神の意志が伝えられるはずがない」

と私は考えていた。

母から神仏を敬いなさい、と言われても私の信念は変わらなかった。

しかし、その時の心境は違っていた。この世には、人間が未だ知り得ないものがどれほど多いかを認識し始めていたからです。

宇宙は科学でも証明できない神秘や不可思議で溢れている。知っている事より、我々の知らないことがどれほど多いか……。

信じるものも何もない私には、偶像であろうがなかろうが、一筋に神を信じることの出来る男の純真さを羨ましく思った。

人間の一生なんて自然の長さに比べたら、ほんの一瞬に過ぎない。我々が一生の間に目にすることも極めて少ない。見えるものより、目に見えないものの方がどれだけ多いか計りしれない。見えるのはほんの一部、海面に浮かぶ氷山の一角にも満たない。広大な自然にあって、はるか彼方の山や海を眺めているようなものだ。そこに息づく多くの動植物を見ないで山を知り、海底を見ないで海を知り尽くしたと誤解している。

興味を持って近付くに従って、多くのものが見えてくるが、その量と数には限りがある。我々が今だ知り得ないことが山ほどあり、見えないものが海の広さほども存在する。

慈母観音や胎児との遭遇がそんな疑惑を助長させた。雲間に姿を見せた月も、新たに現れた暗雲に覆い隠されてしまった。

「人生とはこんなもんだ！」

何もかも知り尽くしたような高慢さや自負が、新たな疑問によって片隅に押しやられた。何もかも神秘的で分らないことだらけだ。

人間も同様。私の知り得るかぎりにおいて最も複雑な存在です。内気で図々しく、陰気で陽気、正直で嘘つき、貞淑で淫蕩、饒舌で無口、外柔で内剛、博識で無知……。数々の背反する性質が向きを変えるに従って、見え隠れする。それが人間です。自分の判断にも、絶えず変化と不統一を見いだします。普遍的なものは何も存在しないという証しなのです。人間の歴史は本質において試行錯誤と変化の歴史です。

長時間の思索に疲れ、集中力が途切れた。頭が空白になり無気力になった私は、長旅に疲れた旅人の如くトボトボ歩いた。頭痛が激しくなり、ガンガン耳鳴りがした。

耳鳴りが次第に大きくなったと思ったら、騒々しい音が耳に飛び込んできた。近寄ると、発狂した様に踊っている男女が見えた。一糸纏わぬ裸である。たくさんの若者が集まっている。

「ワーッ、すごい！」

胎児が興奮して話し掛けるが、音が大きいので聞き取れない。

「何て言ったの？　……」

天地を揺るがす騒音の中、大声で聞き返した。

「……」

「騒がしくて何も話せない」

騒々しいのと人の集まる所が苦手だ。私は人の集まる場所に行かなければならないと考えただけで気が滅入る。お祭りや学校の集団活動も苦手になっていた。

「聞こえないよ！」

「騒々しくて、何も話せない！」

絶望的に言って胎児に目で合図した。

「言葉は必要ない！」

若者の一人が耳元で叫んだ。

「言葉なんて空しい。人間は必要以上に多くの言葉を考え出し、それを巧みに濫用し自分を擁護するのに用いてきた。夜を徹して討論しても、その結論は、君と僕とは思想が違うんだ。……真実を伝えるのに多過ぎる言葉も、偽証するにはまだまだ足りない……」

その言葉に耳を傾けていると、別の若者が耳元で叫んだ。

「踊れ！　歌え！　考えるより前に行動しろ」

耳障りだった音にも慣れ、聞きたい声とそうでない音が選別できるようになった。

体を揺がす音響と若者のエネルギーに囲まれていると、踊りたい衝動に駆られた。しかし、はにかみながら手足で伴奏を取るに止まった。大人としての自覚が理性とコモンセンスを味方にして正面に立ち塞がり、羞恥心が羽交い締めにするので踊れない。

「虚栄を脱ぎ捨てろ！」

「自尊心を放り出せ！」

「積極的に生きろ！」

「自分を信じろ！」

周囲の若者が口々に叫んだ。

それらが鋭い刃物となって私の胸に突き刺さった。それでも踊ることができない。踊り狂う若者の間で、場違いな衣装で武装した私は腑抜けの様に立っていた。

「考える前に行動しろ！」

胎児が踊る真似をして笑った。

目を閉じた。動かないでいると、宙に浮かび上がるような、妙な陶酔感が体内に広がって陽気になった。

目を開けると、見えるものの全てが真っ赤だった。赤色、それは説明できない赤だった。透明感のある夕焼けの赤やトマトやうさぎの目の色とも違う鮮明な赤色だった。それは自然の赤色ではなく、人工的に作り出されたポスターカラーのように均一に伸ばされたノッペリした赤である。そんな赤色がエネルギーとバイタリティを掻き立て心も体も熱くした。

それも束の間のこと、

「アレッ？」

瞬きすると、赤に代わって見える範囲が青色に変わった。それは透明感を伴った海や空の青さでも紫陽花の青でもなかった。赤と同じく人間が加工した青色だった。青の中にいると、背筋がゾクゾク悪寒がした。身体がブルブル震え始めた。浮き浮きして陽気だった気分も、寒さと共に硬直して陰気になった。

硬直した身体を屈めていると、カラフルな幻想模様がリズミカルに現れては消えた。万華鏡を覗いている様だ。カラフルな色と形の変化に操られ再び陽気になり、独り声を出して笑った。

更に面白い現象が起こった。空想することが、こと如く幻覚となって眼前に現れた。意志の赴くままに虚像が現れる。何んと愉快なことか、私は虚栄ばかりか、自尊心も羞恥心も脱ぎ捨てて踊っていた。

その後が大変だった。快楽の後に来るなんとも不愉快な虚脱感が私を襲い、一変して泣き出したいほど孤独に陥った。

目の前に少年が座っていた。放心状態で煙草を吸っている。彼も狂った様に踊っていた若者の一人だった。

「大人の真似をするには若すぎるね？」

つま先から頭のてっぺんまで凝視した後、おもむろに言った。

「年なんて関係ないよ。年に拘るなんて意味ない。年は努力しないでも取るぜ……。オヤジは早く年寄りになりたかったか？　……みんな年取って死ぬんだ。そうだろう？」

あらぬ方向を見ながら少年が言った。明らかに私と目線が合うことを避けている。

「そうだ。しかし、君はまだ子供だ。勉強しなければならない年齢だ……」

年長者としての意識が台頭し説教を始めた。

「放っといてくれよ。……あんたに迷惑かけているわけじゃなし、俺は自由だ……。未成年だからこうしろ、大人になったらこうあるべきだ、そんなの勝手すぎるぜ」

少年は反抗的だった。

オヤジと呼ばれて、私も不愉快だった。しかし、これくらいで怒っては年長者としての威厳が保てないと必死に耐えた。

「君は自由だ。でも、君にはお父さんもお母さんも……」

絞り出すように言った。

私は年長者の立場に立ち、少年を高い所から見下ろしていることに気付かなかった。オヤジと呼ばれる自分を認識していなかった。

「説教するのか？　……親がなんだ。勝手に俺を生んだんじゃないか」

ますます反抗的になり、少年はスパスパ煙草を吸った。

「そんなことを言ったら、親がどんなに悲しむことか……」

「親、親ってうるさいな……。放って置いてくれよ」

反抗的な少年は猛然と叫んで駆け出した。その時、純情で澄んだ瞳から大粒の涙が零れ落ちるのを見た。

「……どうして怒ったの？」

何も分からない胎児が当惑して尋ねました。その顔には戸惑いと寂しさが見えます。

「どうして、反抗的なのか分からない」

「あんな時期がなかったの？」

胎児が泣き顔で言いました。

「ありましたよ。中学生と高校生の思春期に反抗期がありました。大人になろうとする時でした。自立せんと虚勢を張っていた時期です……。干渉されたくない！　と叫んで、自分の部屋に閉じ籠ったものです。その頃の僕は何でも一人で出来る大人の気分でした。……母が無断で部屋に掃除に入ろうものなら、干渉されたと腹を立てたものです。一人前を自負している時、父が子供のくせにと罵りました。……その一言が原因で父と口と話さなくなりました。父とは他人以上の間隔を置いて接しました。友人には心を開いて話が出来るのに、両親には秘密にする事が多かったのです。……何を言っても無駄だ。決して分かってもらえない！　そんな思いが脳裏を去らなかった。……親は子供が幾つになっても、子供としか見ません。それは仕方のない事ですが、子供にとっては屈辱的な事です。……両親に本心を打ち明けなかったばかりか、顔を会わすことすら嫌だった時期があります。憎悪からではありません。大人として認めてもらえない悔しさの反動から頑な態度をとったのです。……そんな態度にも両親は変わらぬ愛情を示してくれました。……親の愛情が理解出来たのは、結婚して子供が生まれてからです。……一長一短はありますが、両親が僕にしたのと同じ愛情表現で自分の子供を愛しています。親心とはそんなものです」

その少年に若き日の自分を見た思いだった。両親が世間体や儀礼という言葉でがんじがらめにしようとした時代。外見は徹底的に反抗していながら、心の中では良心と理性という手枷足枷をかけていた時代。何事にも閉鎖的で熟考する精神が形成された。

「なぜ？　どうして？」

胎児の疑問は尽きることがない。

それが欺瞞的であったとしても、余りにも自由であることを懸念した。拘束のない自由は放縦の自由です。儀礼を押しつけられて育った私には、放たれた自由を認めたくない意志が存在します。

両親や先生は年に見合った生活態度を強要した。その結果、細やかな幸福と自由を容赦なく奪い取ってしまった。私は少年に自分の若き日々をオーバーラップしていた。

煙草を吸って背伸びしても、社会生活をする以上無視できない規則、習慣、儀礼……それらを意識せずにはいられない。そんな規制を無視しようと試みるがそれは出来ない。必要以上に自分を悪く見せることで反抗し、自分をごまかし虚勢を張っていた。

反抗的悪態と裏腹に、自分を愛してくれる両親や家族に対する思惑がある。両親が私に対してそうであった様に、子供だと思っている少年は自尊心も使命感も責任感も思いやりも自負心も……。大人として持つべきものを既に持っていたのです。父親が私にしたのと同じ過ちを私は犯していた。

「だいじょうぶ？　あなたは悪くないよ」

胎児が心配して慰めてくれた。


「見て！　多くの人が歩いているよ」

目を転じると、前方から大勢の人が歩いて来る。叫ぶでも訴えるでもなく、静かに歩く姿に精彩がない。彼等が近付いた時、驚きの余りアッと大声を出した。

「どうしたの？」

胎児は純真であどけない顔を傾けた。今まで何度も見た仕草だった。私は返事が出来ないほど狼狽していた。彼等は身体の一部を病んでいる。ハンディキャップを背負って生きている人々だ。

「人間は平等じゃないだろう？」

堪り兼ねた私が強い口調で言った。

「……どうして震えているの？」

胎児が私の狼狽ぶりを見て不安そうに聞いた。

「何とも思わないのか？」

優しく見守る胎児に努めて冷静に尋ねた。

「……なんのこと？」

「気の毒とも可哀想だとも思わないのか？」

鈍感な胎児に苛々した。

「どうして？　おなじ人間じゃない？」

「おなじ？　どうしておんなじなんだ！」

強い口調で言ったら、怒らせた理由が分らない胎児がおどおどした。

胎児を戒めようと強い口調で言ったものの、「普通の人間じゃないの？」

何気なく言った胎児の言葉が脳裏にこびりついて離れない。その言葉の裏にはどんな意味が隠されているか、考えずにはいられなかった。何度も苦い経験をしていたので慎重に考えた。しかし、そんな努力も無駄だった。

「またしても……」

と思う忌ま忌ましさがあった。

「……おなじだよね？」

その言葉で全てが納得できた。

複雑な心理を理解し得ない胎児と出会ってから、私の考えが若干変わった。それまでは他人と比較し、自分が特殊な人間のように信じて疑わなかった。それが今では、固定観念に捕らわれ過ぎて融通の利かない俗物人間になってしまっていることに気付いていた。

「五体満足だったらそれで結構。なによりも健康が第一よ」

母は勉強が出来ない私を咎めなかった。五体満足で健康なら十分だと慰めてくれた。愛情の籠った言葉でしたが、同じ言葉でも勉強の嫌いな私には、強い皮肉に聞こえた事もあります。親の教えが嫌みに聞こえて反抗的になり、両親を悩ますこともありました。

手のない人が足で絵や文字を書いたり、全身がマヒした人が、口にくわえた筆で絵や詩を書いているのを見た。車椅子の若者が、同じ境遇の人と結婚して子供を育てているのも知っている。彼等の生に対する執着は、五体満足な我々より数倍強い。

日常生活でもその忍耐と努力は凄まじいものがある。世間に甘えず、終始、挑戦する真摯な態度が見られる。それ故に彼等が受ける達成感や満足度は我々とは比べようもなく大きいに違いない。努力や忍耐なくして、喜びも満足もあり得ない。忍耐とチャレンジ精神なくして何事も生まれないのである。

　ハンディキャップを持った人を見たら、恐怖が湧いてくる。健康な自分をそんな人達とオーバーラップさせてしまうからだ。

「あんな身体になったらどうしよう？」

　彼等のように明るく振る舞い、努力する自信が持てないから恐怖に襲われるのだろう。確かにそうだ、二本の手でやっていることを一本でやらなければならないとなると大変だ。明日から片足で歩かなければならなくなったら……。

　そんな思いが恐怖を呼び起こす。どんな境遇に置かれても人間は生きる力をもっている。

　意気地の無いのを棚に上げ、出来ない事を他人のせいにして甘えていてはならない。私には人の欠点ばかりが目に付くが、欠点を見つけて批判していては何も学べない。長所を見つけてそれを学べば良いのに、短所を見付けて優越感に浸ってしまうのです。事実、私は努力もしないで、満足と成功を夢見ていた。

「君の言う通りだ」

　微笑むと、胎児も安心して一緒に笑った。あどけない笑顔を見ると、私の心も和む。胎児も可哀想だ。怒ったり笑ったりする私の心理状況を理解出来なかった。喜怒哀楽の感情を私の十分の一も持ち合わせていないから無理もないことです。先入観や固定観念に捕らわれないから恐怖に対して話にならない。

「よく平気でいられるな？　……そうか、君には恐怖心ってものがないんだ。僕は何時も何かに怯えている。血に染まった事故現場を見ると自分を被害者の立場に置き換える。想像が恐怖心を膨張させて、実際以上に残酷な状況を作り出してしまう。……鋭利な刃物を見ると血に染まった傷口を想像する。……幸せな一時も、幸せ過ぎて反動が怖くなる。……自ら培養する恐怖心には際限がない。まったく厄介なものだ。僕は典型的なペシミストだ」


寝たきりの患者や青白い顔の病人が側にいると、健康であることを喜ばしく思うと同時に病気に対する不安が脳裏を過る。

「可哀想にあの子は病気だ」

「病気？　なんのことですか？」

真剣な表情の胎児が子供を見て尋ねた。

「あの女の子は歩けないハンディを負っている。痩せっぽちの男の子も病気なんだ」

子供達を指差しながら言った。

「どうして病気になるの？」

両手を広げて自分の手足をしみじみと見た後、不安顔で尋ねました。

「変なところがないか見て！　生まれるのが不安になってきました……。もし……」

「だいじょうぶ、五体満足だよ……。生まれ出る以前から不安だったら不幸な人生を送ることになる。心配しなくてもいい。人生を恐れるのは、君のように何も知らない者ではなくて、それを知った者だ。……恐怖心は恐怖を想像することによって培養される、と言ったでしょう？　……あそこに両手の無い人がいる。彼の立場になったら生きていたくないと考えるかもしれない。しかし、生命は尊い。気力があれば何とかなる。病気になったり死ぬことを知らない者はいないが、特別神経質な人もいない。……いつ死ぬか？　病気になったらどうしよう？　そんなことばかり考えていたら不安で生きていられない。……人間が死んだらどうなるのか？　それを知ることに膨大なエネルギーが費やされているが、今だに解明されていない……。死後も魂が生き続けるとしたらどうなるのか？　死後の世界は？　輪廻はあるのか？　……不安は尽きない。死ぬとどうなるのか明らかになれば、もう少し安閑と生きられるに違いない。……何も知らないから幸福だと言えないこともない」

こんな難しい話題になると憶測だけで話すしかない。

「おかしいね？　生きることも分からないのに、病気や死ぬことを考えるなんて……」

胎児は例の如く明るくコロコロ笑いました。

「それでいい。それで君は幸福になれるよ。必要以上に多く知らない方が安楽な人生を送ることが出来る。欲望が少なければ迷いや悩みも少ないはずだ。……ほら見てごらん」

宙の一点を眺めて笑っている精神異常者を指して言った。

「生まれながらにしてその傾向を示す者もいるが、大半の者が社会に於て組織や個人から攻撃され、破壊された者だ。……人間社会では数多くの人から影響を受ける。自分を苦しめるほど迷ってはいけない。良いと思ったことを選択する強い精神力を持たなければならない。……人間を殺すのは凶器だけではない。取り囲んでいる人達が結束して責め立てれば、一人の人間を意図も簡単に発狂させることも自殺に追いやることも可能だ。……心優しく思いやりのある人間ほど周囲の事情に対してとても敏感でまったく脆い。自分を犠牲にしても周囲に合わせようと神経を使う。それは人間が集団生活を始めて以来続いている習慣だ。……狂人達を羨ましく思うことがある。思い悩み、苦しさの中で生きているより幸せだと考えることがある。……何と言って非難されようが一向気にせず、自ら想像する夢の中で遊んでいる。楽園で天使に囲まれ蝶々と戯れているかもしれない」

「そうか！　人を気にしないで、自分のやりたいことだけやればいいんだよね？」

胎児がすまし顔で、教えられた通りのことを言った。

「それはダメ！　そんなことをすると社会から孤立してしまう。……私は学生時代から暖めていた夢多き人生観を抱いて社会に出たから適応出来ず変人扱いされた。最悪の敵は僕自身だった。……個人の自由と大衆のそれとは天秤のようなもの、両方の均衡が保たれなければならない。……如何なる人生を送ることになるか想像出来ないが、人生を楽しいものにするか、それとも苦しいものにするかは君次第ってことだ。……能力を過信し、輝かしい将来を夢見ることも必要だが、度が過ぎると不満が蓄積され、現実を否定し生きる活力を失ってしまうこともあり得る。……努力もせずに名声とか地位が与えられる夢を見る。燦然と輝くべアトリーチェが前方に立って天上の世界へと導いてくれる様な……。しかし、分かっているんだ。自ら作り上げる幸福以外に真の幸福が無いってことを……。山の彼方まで幸せを捜しに行く必要はなく、実生活の中でそれを見つけなければならないことを……。それを見付けた人が幸福な人間で、それに気付かないで山の彼方にまで行って探し回る人間が不幸な人間だってことも……。なにもかも分かっているが、考えずには、そして、憂えずにいられない。

……それが人生だ」

教えることは学ぶ事、とは旨く言ったものだ。最初のうちは曖昧で借物の様に感じたフレーズも、教える事によってその本質を学んだ。行動しながら考えることによって人生の核心に触れた気がした。胎児に教え諭しながら、自分の魂にも訴えていた気がする。

何があったのか騒々しい。前方に人垣ができている。そこに面白いものが見られるような期待を持って覗き込んだ。

思わずアッ！　と叫び声を上げてしまった。女が土色の死体を横たえていた。全身の血が足下へと吸い込まれ、悪寒が脳裏を過った。

「だいじょうぶ？」

胎児が心配して声を掛けた。

返事もしないで土色の死体を見詰めた。その女は母だった。

「……本当に母なのか？　つい先程まで生きていた人間の姿なのか？　何十年もの間、母性愛で僕を包み、見守り続けていた母なのか？　……こんな日が来ることを想像しなかった訳ではないが、空想と現実との間にはいつも大きなギャップがある。これは想像を絶するギャップだ……。頭痛がして吐き気がする……」

自制心を失って叫んだ。瞼から止め処もなく悔し涙が流れた。

「……万物の霊長も、大自然に比べれば何んとはかない寿命なんだ。……母は二度と甦ることはないのか？　再び僕に話しかけることはないのか？　……死を以て全てが終るのか？　余りにも果敢ない……。今までの悩みも努力も何だ？　全て徒労だったのか？　何もかもバカげていて空しい。近い将来、僕も死んで腐敗し塵芥と化すのか？　……信じられん。そんな恐ろしいことは認めたくない。……否々、灰だ塵芥だ。人間の一生は空しいのだ……。人生は一度の死を持って限られるのか？　それとも輪廻転生、何度も生まれ変わる事が出来るのか？　……」

白衣姿の医者が、鋭利なメスでいとも簡単に母の腹を切り開いて、内臓を取り出した。

「……何んてことをする！」

人垣をよじ登って必死に叫んだ。

誰一人として私の声に耳を傾けてくれないばかりか、振り向きもしなかった。

男は切り裂いた腹から内臓を掴み出し、テーブルの上に置いた。恐ろしい光景だった。恐怖で体が震え、歯がガチガチ音を立てた。

そんな場合でも、バクテリアのように強い好奇心が恐怖に打ち勝って、臓器を見分けさせた。心臓、肺、胃、腸……。

見るんじゃなかった。悪寒が激しくなりその場に蹲って嘔吐した。

暫くして目を挙げた時、母の体が動いた気がした。……確かに動いた。良く見ると、笑いながら私を手招きしている。

「生きるって難しいのよ。だいじょうぶ？」

母が心配そうに呟いた。

「心配しないでください。もう一人前の大人なんですから……」

「一人前？　そんな人間がいるものですか。人間、死ぬまで勉強です……。欲を出さないで、何事も控えめに……。そして、人に迷惑をかけちゃダメよ」

真顔で言った後、ニッコリと微笑んだ。

「やめてくれ！　……母はまだ生きている」

必死に叫んで阻止しようとした。

「なんだこの男は？　気違いか？」

不敵な笑みを浮かべた医者が近付いて来た。

「待ってくれ！　……母の身体が動くのを確かに見た。残酷なことは止めろ。母は死ぬはずがないんだ。僕は正気だ！」

「正気？　バカなことを言うな。正気な人間なんかこの世にいるものか。……人間には良心も分別もある。しかし、何時も良心や分別にしたがって行動しているわけではない。分かっていながら罪を犯す。分かっていながら意地を通す。……正気だと思っていること自体気違い沙汰だ……」

狂人と決めつけて、耳をかさなかったばかりか、医者は号泣しながら抵抗する私の体を強引に押えてメスを振り上げた。

「止めてくれ！　死にたくない！　やりたい事がいっぱいあるんだ……」

第三章

「だいじょうぶ？　……」

眼の前に心配する妻の顔があった。

覆い被さる様にして私を凝視している。少し離れて、安堵の表情を浮かべた友人の鈴木と息子の顔があった。

「目覚めたようだな？」

鈴木が言って眼で笑った。自分が何処で何をしているのか、判然としない。しかし見覚えのある場所ではある。明るいパステルカラーの広い廊下。いくつも並ぶ長椅子。

「大変だったたな……」

鈴木がしんみり言って真面目顔になった。

「ここは何処だ？」

「何を言っているの？　病院ですよ……。お義母さんが入院していた病院です。……お義母さんが亡くなったのは覚えているでしょう？　……お義母さんが亡くなった直後、散歩してくると言って病室を出て行ったまま、何処に行っていたのか知りませんが、一時間ほどして帰ってきた時は魂を奪われた亡霊のようでした。……帰ってくるなり、何も言わず長椅子に横になって寝てしまったのよ。寝不足が続いたから、疲れているんだろうと思って放っておいたの……。何も覚えていないの？　鈴木さんが弔いに来て下さったのよ」

何時ものように妻はよく喋った。

「……」

妻の言っていることは分るが、はっきりした現実感がない。話の内容を判断しようとする気力さえ失せている。

「眠ってから大変でした。……怒ったり、喚いたり、まるで悪夢に魘されているみたいで……」

深刻に話し、妻が笑みを漏らした。

「何度か声を出して笑ったぜ、……楽しい夢を見ていたんじゃないの？　白状しろよ」

ふざけ半分に言って鈴木が皆を笑わせた。

「……本当にだいじょうぶ？」

眉間にしわを寄せた妻が心配して、再び覗き込んだ。

「……だいじょうぶだよ！」

つとめてはっきり答えたが、泥のように体が重く、体を起こし立ち上がる気力が沸かない。

「お義母さんの遺体は葬儀屋さんに家まで運んでもらうように手配しました。鈴木さんが居て下さって助かりました。……お葬式の準備をしなければならないのよ。しっかりして下さいね？」

「そうか……」

曖昧な態度と言葉に、妻が鈴木と顔を見合わせて苦笑した。子供たちも顔を見合わせてクスクス笑った。私は朦朧としたまま彼等を見ていた。

母が絶命した直後、看護婦が手際よく点滴や心電図の機器を取り外すのを見ているうちに急に悲しくなって病院を飛び出した。そこまでは鮮明に憶えていた。しかし、それから後のことはまったく覚えていない。思い出そうと試みたが、意識を集中するのも考えることも苦痛で止めてしまった。

「……騒々しいな？」

徐々に元気を取り戻して妻に言った。

「ここは病院よ。いろんな人がいるわ」

妻が声を落として説明した。

ひときわ明るいナースセンターで忙しく働く看護婦の姿が見えた。廊下の壁には見覚えのある芳崖の『悲母観音像』も見える。

車椅子の少女と松葉杖を突いた少年が楽しそうに話している。その近くで、中年の男性が右足を引き摺りながらリハビリに取り組んでいた。

鈴木が待合室のカーテンを引き開けると、強烈な太陽の光が病院内に飛び込んできた。笑顔で表現する事も言葉に出す事も出来なかったが、眩しい陽光を浴びながら、私は生きている喜びを感じつつ起き上がった。

窓辺に立って、外を眺めた。車が騒々しく行き交い、歩道を行く人々も足早だ。

道路を隔てた公園で幼い子供達が、元気に遊んでいた。そんな見慣れた景色も新鮮なものに見えた。

「みんな生きているんだ」

腹の底から沸き上がったエネルギーが全身に拡がるのを感じた。

若い男性とその両親らしい中年の夫婦があたふたとやって来た。目の前に腰を下ろした三人は小声で話し始めた。どうやら、出産を待つ父親とその両親らしい。

「……生まれましたか？」

神妙な顔で待っていた若い男が、手術室から出てきた看護婦に歩み寄った。

「お生まれになりました。とっても元気な男のお子さんですよ」

相手を喜ばせようと、年配の太った看護婦が明るく言って微笑んだ。

「……お坊ちゃんですよ」

「男ですか？　お父さん、長男です」

私の前に腰かけている中年の夫婦を振り返り、興奮で声を上擦らせた。

「そうか、男か……。それは良かった」

二人は立ち上がっていた。

「跡取りとは、何と縁起が良いんでしょう。……私もお婆さんですね？　お爺さん！」

「……ウン」

男が無言で頷き、女が照れ笑いした。

みんな幸せそうに笑っている。そこに看護婦に抱かれた赤ん坊がやって来た。三人はバスタオルの中でもがく赤ん坊を眺めた。

「どれどれ、どんな顔だ？　……利口そうな顔をしている。この子は将来大物になるぞ」

お爺さんになったばかりの男が、笑みを浮かべ満足げに言った。

「なんて可愛い子。きっと、立派な跡取りになるでしょう……。これで私達も安心。本当に良かったね。おじいさん！」

「一時間前にも将来の大物が一人産まれている。……これで二人目だ」

鈴木が小声だが皮肉っぽく言って笑った。

「子供が産まれた？　……」

少し離れた『悲母観音像』を凝視しながら訊いた。夢か真か釈然としないまま、自分が遭遇した不思議な出来事を思い浮かべた。

「御母堂の様に亡くなられる方があれば、新しく生まれてくる人間もいる……。自然の摂理だよ」

鈴木が珍しく真面目に言って苦笑した。

「生まれるも死ぬも自然の摂理か？　……あの子はどうなった？　……保育器に入っていた未熟児……」

「あの子は元気に育っていますよ。手足をバタバタしてとても元気良くなって……。人間の生命力って強いんですね？」

妻が何時になく神妙な顔で感心している。

「人間の生命力って言うより、医療の進歩が小さな命を救ったんでしょう？」

鈴木が口を挟んだ。

「……どうして、そんなに急いで生まれて来たのかしら？」

「それも運命ですよ。……急いで生まれたが、世の中を見るや否や生きるのが怖くなって止めようとした。しかし、医者がそうはさせてくれなかった？」

鈴木が声を出して笑った。私は頭の隅に何かが閃くのを感じたが、それは意識の中に捕らえようとしたとたん消えてしまった。

「本当？　元気になったの？」

息子たちが瞳を輝かせて立ち上がり、二人一緒に新生児室の方に駆けだしていった。

飽くことのない鈴木と妻の会話に耳を傾けながら、私は胎児の安否を思った。

外の景色に目を移した。母が生きている時も死んだ今も、周囲の状況に微塵の変化もなかった。何時もと同じ様に路上には多くの車両が慌ただしく行き交い、歩行者も引きも切らない。

碧空と公園の樹木や草花を眺めていると、

「時代は喜びも哀しみも容赦なく飲み込みながら時を刻み、樹木も草花も短い人間の寿命を超越して存在し続ける……」

漠然とした思いが脳裏を過った。

病院の裏口から葬儀屋の車で家に運び出される母の遺体を窓辺で見送った。

突然、母を失った哀しみと同時に、息子として母と共に生きた喜びの証が歓喜の涙となってこぼれ落ちた。


（了）

悲母観音《ひぼかんのん》

谷口忠志《たにぐちただし》

明窓出版

平成十二年三月十五日初版発行
発行者――増本　利博
発行所――明窓出版株式会社
〒一六四―〇〇一二
東京都中野区本町六―二七―一三
電話　（〇三）三三八〇―八三〇三
FAX　（〇三）三三八〇―六四二四
振替　〇〇一六〇―一―一九二七六六
印刷所――株式会社　シナノ
落丁・乱丁はお取り替えいたします。
定価はカバーに表示してあります。

ISBN4-89634-042-6

ホームページ　http://meisou.com　Eメールmeisou@meisou.com

精神世界

青年地球誕生——いま蘇る幣立神宮

春木秀映・春木伸哉

スピリチュアルなエネルギー、聖なる波動を発しつづける幣立神宮。そこで行われる五色神祭とは、世界の人類を大きく五色に大別し、その代表の神々が「根源の神」の広間に集まって地球の安泰と人類の幸福・弥栄、世界の平和を祈る儀式であり、幣立神宮で遙か太古から行われている世界でも唯一の祭典である。

定価　一五〇〇円

誰も書かなかった高橋信次

菅原　秀

初めて書かれたカリスマの実像。教団はどのように形成されたか、その教えと超能力は本物だったのか。「幸福の科学」を始め、多くの追従教団を生み、伝説化された教祖の今日的な意味を問う。高橋信次の警告にも関わらず、今でもものまね教団が出現し続けている。『ビジネスとしての宗教』を盲信する人々への提言の書。

定価　一五〇〇円

瞑想と安楽死——ある瘋癲老人の瞑想日記

森島健友

金と無為で人生の末節を汚すな！　美しく老い、気高く死んでゆくために——。瞑想者が綴る警鐘の書。

定価　一六〇〇円

ノストラダムスよさようなら——預言は当たらない

酒井誠念

「心配ご無用！　預言なんぞは吹っ飛ばせ」と、はるか昔から叫び続けた著者の魂からの警醒の書。本書は、神霊界で大活躍中の出口王仁三郎からのメッセージをベースに世の命運を喝破し、様々な預言にとどめを刺す解放の福音書である。

定価　一三〇〇円

神さまに助けられた極楽とんぼ

汐崎　清

「うぁ〜！　緊急事態発生！　たすけて〜！」主人公が窮地（ガン告知）に追いつめられた。しかしそこには、信じられない『出来事』が待っていた。普段はノー天気な極楽とんぼの人生を送っていた主人公が体験したことは、理屈では説明できないけれど、【窮地に陥ったとき、そこには《ひょうきんな神様》がいた】という、本当の話である。読めば、「笑って、元気！」になれます。

定価　一四二九円

地上に降りた天使

諸星くると

健一自身は身体が植物人間になっていることなど気づいていない。植物人間状態になってから殆どの時間、霊体は肉体を離れ活動し、天使サミュウと語り合っていたからだ。そして、ゆりと佐々木が部屋にはいってきたころ、健一の霊体は生命力を殆ど使い果たした肉体へと戻ってきていた。

定価　一一〇〇円

いま輝くとき　——奇跡を起こす個性の躍動——　舟木正朋

あなた方の個性は、この現世での躍動、活躍を待ち望んでいます。大自然の力はあなた方の内在している精神エネルギーです。この真実は、あなた方を本当の人生に導いていきます。

定価　一三〇〇円

こころ　舟木正朋

本音ってなんだろう。ふと立ち止まって、心を見つめてみませんか。いつのまにか本当の自分をどこかに閉じこめていませんか？　心は不思議な世界。なにげない気付きやひらめきから、思いがけない可能性が開けていく。そんな個性的な人生にしてみませんか？

定価　六五〇円

意識学——宇宙からの智恵——　久保寺右京

あなた自身の『意識』の旅は、この意識学から始まる。この本は、心だけでなく意識で感じながら読んでほしい。人は生き方の智恵とその記憶法を学ばなくては、何度生まれ変わっても同じ事である。これからは、確固たる記憶を持ったまま生まれ変わるようになって欲しい。

定価　一八〇〇円

小説

革命はネズミとともにやってくる　大野　明

「人類がいくら平和をとなえても戦争がやめられないように、我々も革命をやめることはできない」思い上がった人類にネズミたちが宣戦布告！　環境破壊をし続ける人類に、ネズミたちはいったい何をしようとしているのか。

定価九三三円

猫はとっても霊能者　橘　めぐみ

スリリングでホラーな猫のオカルト短編集。サイキックパワーの持ち主、あの「チャクラ猫」の創案者、橘めぐみがおくるクールな猫のエピソード。背すじも凍る五つの奇話。あなたはきっと最後まで読めないでしょう！

定価　九八〇円

ハヤト——自然道入門——　天原一精

自然へ帰ろう！　戦後「豊かな自然と地域社会」が父となり母となり、先生となって少年たちが育まれてい

星の歌

上野霄里

ヘンリー・ミラーを驚嘆させた男の最新作！

世界の芸術、思想界が注目する日本の隠者―「いちのせき」のUeno― この、天才に依って、「賢治」、「啄木」、「放哉」が、「ブレイク」、「ヴォルス」と共に、世界的視野のもと、全く新しい、輝く、星々の歌となった。さまざまな詩歌に論及し、やがて、文明人の病む心、むしばまれゆく「言葉」の死の問題に鋭く迫る！

定価一九〇〇円

近思録―朱子学の素敵な入門書

福田晃市

朱子学を学びたい人のための学習参考書。この一冊で、朱子学者への確実な第一歩を踏み出せる。そしてこの混迷した時代を、迷うことなく生きていけるようになる。

文庫版　定価　八八〇円

無師独悟

別府慎剛

この本を手にとってごらんなさい。そうです。それが本当のあなたなのです。この本は、悟りを求めて苦悩している人　悟りを求める以外に道がない人　その為には「読書百遍」もいとわないという心の要求をもった人に読んで頂けたらと願っています。

定価　一八〇〇円

成功革命

森田益郎

平凡な人生を拒絶する人たちへ。夢を実現し、成功するための知恵が、ここに詰まっています。「人間には、誰にでも、その人だけに与えられた使命というものがある。そのことに気づくかどうかで、いわゆる酔生夢死の一生で終わるか、真の意味で充実感のある人生を送れるのかが決まるのだ」

定価一三〇〇円

男女平等への道

古舘　真

「男が王様で、女が奴隷であった」説の真価を問う！

これからは、女性の解放が男性の解放につながり、男性の解放が女性の解放につながる。両方を同時に進めなければ無意味であり、怖いおばさんが喚くだけでは、なんの解決にもならない。

定価　一三〇〇円

歴史・古代史

倭国歴訪
―倭人伝における倭の諸国についての考察

後藤幸彦

邪馬台国都城址問題の解決によって新しい古代史が展開してくる。「従来の論説の難点は、少しも速く邪馬台国に行きつこうとするあまり脇目もふらずに論証を進めていったため、諸国に関する吟味が十分に行われなかったことにあると思う」

定価　一三〇〇円